即興判斷

木心作品集

2009年攝

輕之判斷是一種快樂，隱之看見是一種快樂，如果不能歆享這兩種快樂，知識便是愁苦。然而只宜輕之、隱之，逾度即淪入武斷流於偏見，不配快樂了。這個「度」，這個不可逾的「度」，文學家知道，因為，不知道，就不是文學家。

——「已涼未寒」篇 第二節

手跡

編輯弁言

木心的文章總是空襲式的，上世紀八〇年代他的《瓊美卡隨想錄》、《溫莎墓園》、《即興判斷》……曾那樣空襲過台灣不同世代即使最挑剔的讀者。一如葉公好龍，神龍驟臨，讓我們驚駭、感激、困惑、羞慚……像舉手遮眉抬頭望向天際，這些穿透二十世紀的文明劫滅或藝術心靈墮壞的灰色長空，如自在飛花，卻又如旋風如光燄爆炸的詩句，究竟從何而來？

他像是來自遙遠古代的墜落神祇——在某個意義上說，木心的那個世界，那個精緻的、熠熠為光的、愛智的、澹泊卻又為美為精神性叩問而騷亂的世界，在他展開他那淡泊、旖旎的文字卷軸時，早已崩毀覆滅，「世界早已精緻得只等毀滅」——他像一個孤證，像空谷跫音，像一個「原本該如是美麗的文明」之人質。有時悲哀沉思，有時誠懇發脾氣；有時嘿笑如惡童，有時演奏起那絕美故事，銷魂忘我；有時險峻刻誚，有時傷懷綿綿。

我們閱讀木心，他的散文、小說、詩、俳句、札記，如織如梭，難免被他那不可思議廣闊的心靈幅展而顫慄。我們為其全景自由的洞見而激動而豔羨，為其風骨儀態而拜倒而自愧。他是結結實實的懷疑主義者；他博學狡猾如狐狸，冷眼人世，似與老莊、希臘賢哲、魏晉文士、蒙田、尼采、龐德、波赫士……在一穿過人類文明曠野的馬車，蹦跳恣笑、噴煙吐霧；卻又古典柔慈在童年庭園中，以他超前二十世紀之新，將那裹脅著悠緩人情，戰爭離亂，文明劫毀之前的長夜，某些哲人如檻中困獸負手踱室，卻一臉煥然的光景，像煙火燒燎成一個個花團錦簇的夢。

此次印刻出版社推出之「木心作品集」，是目前為止海峽兩岸木心文集最完整之版本，其中《詩經演》一部，應可一慰讀者渴慕之情。哲人已逝，這整套「木心作品集」的面世，對我們，或如漫遊一整座諸神棲止的嘸語森林，一部二十世紀心靈文明墮敗與掙跳，全景幻燈，摺藏隱喻於他翩翩詩句中的整齣《紅樓夢》。

目錄

上輯

塔下讀書處

我家後園的門一開，便望見高高的壽勝塔，其下是「梁昭明太子讀書處」，那個曠達得決計不做皇帝，卻編了部「文選」的蕭統，曾經躲到烏鎮來讀書。

烏鎮，又叫青鎮，後來又一半叫烏鎮一半叫青鎮，後來仍舊整個叫「烏鎮」，不知為什麼，我記得是這樣。

江南杭嘉湖一帶，多的是這樣的水鄉古鎮，方圍甚大，人丁興旺，然而沒有公路，更談不上鐵道，與通都大邑接觸，唯有輪船，小得很，其聲卜卜然，鄉人稱之為「火輪船」——那是三十年代前後……每聞輪船的汽笛悠然長鳴，鎮上的人個個憧憬外省外市的繁華風光，而冷僻的古鎮，雖也頗為富庶，頗能製造謠言和奇聞，畢竟百年孤寂，自生自滅。

當已經成名的茅盾坐了火輪船，卜卜然地回到故鄉烏鎮，從來驚不皺一池死水，大家連「茅盾即沈雁冰」的常識也沒有，少數通文墨者也只道沈家裡的德鴻是小說家，「小說家」，比不上一個前清的舉人，而且認為沈雁冰張恨水顧明道是一路的，概括為「社會言情小說」，廣泛得很。

茅盾回家，旨在省母，也採點《春蠶》、《林家鋪子》這類素材。他不必微服便可出巡，無奈拙於詞令，和人兜搭不熱絡，偶上酒樓茶館，旁聽旁觀而已，人又生得矮瘠，狀貌像一小商人，小商人們卻不認他為同夥。

在烏鎮人的口碑上，沈雁冰大抵是個書獃子，不及另一個烏鎮文人嚴獨鶴，《申報》主筆，同鄉引為光榮，因為《申報》是厲害的，好事上了報，壞事報上了，都是天下大事，而小說，地攤上多的是，風吹日曬，紙都黃焦焦，賣不掉。

但也有人慕名來找沈雁冰，此人決意要涉訟，決意少花涉訟費，便緣親攀故地懇請茅盾為他做一張狀紙，茅盾再三推辭，此人再四乞求，就姑且允承下來，而這是需要熟悉律例和訴訟程序，還得教給當事人出庭時的口供，小說家未必精通此類八股和門徑，茅盾寫付之後，此人拿了去請土律師過目，土律師哈哈大笑，加上職業性的嫉妒，一傳兩兩傳三，「沈雁冰不會做狀紙」，成為烏鎮縉紳學士間歷久不衰的話柄，因為人們從來認為識字讀書的最終目的是會做狀紙，似乎人生在世，為的是打官司。

茅盾當然不在乎此，鷃雀何知鴻鵠之志，無非是落落寡合，獨步小運河邊，凝視混綠的流水在橋墩下廻旋，心中大抵構思著什麼故事情節，不幸被人發現而注意了，又傳開一則新聞：「沈雁冰在幫岸上看河水看半天，一動勿動！」

抗日戰爭時期，茅盾先生攜眷生活在內地，沈太夫人大概已經逝世，沈家的老宅，我三日兩頭要去，老宅很普通，一層樓，磚地、木櫺長窗，各處暗沉沉的，再進去，豁然開朗，西洋式的平房，整體淡灰色調，分外軒敞舒坦，這是所謂「茅盾書屋」了，我現在才如此稱呼它，沈先生不致自名什麼書屋的，收藏可真豐富——這便是我少年期間身處僻壤，時值戰亂，而得以飽覽世界文學名著的嫏嬛福地了。

與沈氏究屬什麼故戚，一直不清楚，我母沈姓，從不敘家譜，只是時常聽到她評讚沈家太夫人的懿德睿智。茅盾輒患目疾，寫作《子夜》之際，一度眼疾大發，呆在鄉間鬱悶不堪，沈太夫人出了個主意：且赴上海，一邊求醫，一邊去交易所、證券大樓這些地方坐坐，閉了眼睛聽聽，對寫小說有幫助。茅盾就此如法炮製，果然得益非淺，目疾既痊，「多頭」、「空頭」也瞭然胸中了——茅盾的回憶錄中大事表彰的「黃妙祥」，就這樣常來道說沈家事，又不知為什麼我叫他「妙祥公公」，黃門與沈門四代通家之好，形同嫡系，我的二表哥是黃門女婿——由此可見一個古老的重鎮，世誼宿親，交錯累疊，婚來姻去的範圍，不外乎幾大氏族，一呼百應，周旋固是順遂，恐怕也就是因循積弱的原委了。

我對沈氏的宗譜無知，對茅盾書屋的收藏有知，知到了把凡是中意的書，一批批拿回家來朝夕相對。

事情並非荒唐，那年月，沈宅住的便是茅盾的曾祖父特別信任的黃妙祥一家人，也許是為「老東家」看守舊基吧，烏鎮一度為日本軍人勢力所控制，茅盾當然不回歸，黃家住著就是管著，關於書，常有沈氏別族子弟來拿，不賞臉不行，取走則等於失散了，是故借給我，便算是妥善保存之一法，說：「你看過的書比沒有看過還整齊清爽」，那是指我會補綴裝訂。世界文學經典是誠惶誠恐的一類，高爾基題贈、巴比塞們簽名惠寄的是有趣的一類，五四新文藝浪潮各路弄潮兒向茅盾先生乞政的是多而又多的一類，不少是精裝的，版本之講究，在中國至今還未見有超越者，足知當年的文士們確鑿曾經認真，曾經拚力活躍過好一陣子。古籍呢，無甚珍版孤本，我看重的是茅盾在圈點、眉批、註釋中下的功夫，茅盾的傳統文學的修養，當不在周氏兄弟之下。看到前輩源遠流長的軌迹，幸樂得彷彿真理就在屋脊上，其實那時盤旋空中的是日本轟炸機，四野炮聲隆隆，俄而火光衝天，我就靠讀這許多夾新夾舊的書，滿懷希望地度過少年時代，十四五歲，不幸胸腹有疾，未能奔赴前線，聽那些長於我健於我的青年們聚在一起，吹口琴，齊唱「五呼月的鮮花，開遍了原哴野，鮮花阿掩蓋著志兒士的鮮血……」覺得很悲壯，又想，唱唱不是最有用，還是看書吧。

抗日戰爭忽然勝利，我的宿疾竟也見療，便去上海考進一家專科學校，在文藝界集會上見到茅盾先生，老了不少，身體還好，似乎說仍住在山陰路。不久黃妙祥的獨生子阿全自烏鎮來，約我去沈雁冰家敘舊，有什麼舊可敘呢，我一直不要看他的小說，茅盾能背誦《紅樓夢》？半信半疑，實在很滑稽。阿全說：「雁冰還記得，我提起你，他說『是不是那個直頭直腦的』，去吧，去看看他又不會吃虧的。」我也記得曾經問過茅盾，是不是在日本真的開過豆腐店。隔了十年，再問點什麼？

似乎是夏天，初夏，一進茅盾的臥室兼書房，先入眼的是那床簇新的臺灣蓆，他穿中式白綢短衫褲，黑皮拖鞋，很高興的樣子，端出茶，巧克力，花旗蜜橘。

「我一直以為作家都窮得很？」發此言是鑑於當時在上海吃花旗蜜橘是豪奢的。

茅盾答道：「窮的時候，你沒有看見。」

記得我只喝了茶。他和阿全談烏鎮的家常事——牆上的筆插是用牛皮紙摺出三層袋，釘起來，幾枝大概很名貴的狼毫，斜簽著，其他是信，應該稱為信插，類似烏鎮一般小商店帳房中所常見的。

他逗我談話了，我趕緊問：

「為什麼沈先生在臺上講演時，總是『兄弟，兄弟』？而且完全是烏鎮話？聽起來我感到難為情！」兒時稱他「德鴻伯伯」，此時不知何故礙於出口，便更作「沈先生」。

「我不善講演，真叫沒有辦法，硬了頭皮上臺，國語就學不好，只有烏鎮話，否則發不了聲音呀。」

他的誠懇，使我聯想起那些書上的小楷眉批。

「那末『兄弟兄弟』可以不講？」我像是有所要求。

「是的，也不知什麼時候惹上了這個習氣，真的，不要再『兄弟兄弟』了。」

我忽然想到下次還是可能在什麼文藝集會上聽到他的「兄弟——」，便提前笑起來，而且又問道：

「為什麼西裝穿得那麼挺括？」

「我人瘦小，穿端正些，有點精神。」

這一解答使我滿意，並代他補充：

「留鬍子也是同樣道理吧，周先生也適宜留鬍子。」

「他的濃，好。」

「周先生的文章也濃，沈先生學問這樣好，在小說中人家看不出來。」

「用不上呀，知識是個底，小說是面上的事。你寫什麼東西嗎？」

「寫不來，我畫畫。」

「阿全說你很喜歡看書？」

「沈先生在烏鎮的書，差不多全被我借了，你什麼時候回烏鎮，或者阿全伯伯這次轉去就叫我家裡派人送還。我一本也沒有帶出來。」

「房子要大修，以後再講吧，聽說你保管得很好，你這點很好，很好的。」

「沈先生勿喜歡講演，何必每次都要上臺去。」

茅盾夫人過來沏茶，插話道：

「德鴻，他們叫你去講演，一次給多少錢？」

茅盾揮揮手：「去去，不要亂問。」

當時我是個自許思想進步的學生，卻不甚清楚這種講演的使命，每見其窘阨之狀，但願他有辦法脫卻困境。

我不懂小說作法，茅盾先生無興趣於圖畫，沈夫人則難解講演之義務性，阿全是泰興昌紙店老闆，對小說圖畫講演概不在懷，性嗜酒，外號「燒酒阿全」，坐在一旁快要睡著了，我說要告辭，他倒提醒我：「你可以討幾本書啊！」

「要什麼書？說吧！」茅盾先生拉我到一個全是他新版著作的櫃子前，我信手抽了本《霜葉紅於二月花》。

「要題字嗎？」

「不要了不要了。」我就此鞠躬，退身、下樓梯。

茅盾夫婦在樓梯口喊道：「下次再來，下次來啊！」

走完樓梯，阿全悄聲問我：「你怎麼叫他沈先生？」

「因為他是文學家哪。」其實我根本不是這個意思。

《霜葉紅於二月花》也和茅盾其他的書一樣，我看不下去。

直到後來，才漸漸省知我的剛愎的原委——森嚴的家教中我折磨過整個童年少年，世俗的社交，能裕然進退合度，偏偏是面對文學前輩，我一味莽撞，臨了以為「題字」豈不麻煩，說「不要了不要了」是免得他拔筆套開墨匣……之所以肆意發問，倒是出於我對茅盾先生有一份概念上的信賴，不呼「伯伯」而稱「先生」，乃因心中氤氳著關於整個文學世界的愛，這種愛，與「伯伯」、「蜜橘」、「題字」是不相干的，這種愛是那書屋中許許多多的印刷物所集成的「觀念」，「觀念」就賦我「態度」，頭腦裡橫七豎八積滿了世界諸大文學家的印象，其間稍有空隙，便掛著一隻隻問號，例如，聽到什麼「中國高爾基」、「中國左拉」，頓時要反質：為何不聞有「俄國魯迅」、「法國茅盾」的呢。

都知道繼往是為了開來，這本是很好很不容易很適宜於茅盾一輩文學家擔當的。《幻滅》、《動搖》、《追求》時期，僅是個試驗。《子夜》時期，成則成矣，到頭來遠幾步看，那是一大宗概念的附著物。《腐蝕》時期，茅盾漸臻圓熟，然而後來，後來呢，五十年代，六十年代，七十……應是黃金創作期，他擱筆不動，直到日薄西山，才匆匆趕製回憶錄，可謂殫精竭力，實則是文學之餘事，他所本該寫、本能寫的絕不是這樣一部煩瑣的自然主義的流水帳，文學畢竟不是私人間的敘家常，敘得再縝緻也不過是一家之常而已。

茅盾的文學起點紮實，中途認真努力過來，與另外的頹壁斷垣相較，就儼然一座豐碑。難釋的悵憾是：虛度了黃金寫作期，自己未必有所遺恨，至少在「回憶錄」中滔滔泛泛而不見有一言及此義者。

獲麟就絕筆，那是千年前的倔脾氣，現代人已知道麒麟可能就是長頸鹿，捉住了關進動物院，與哲學文學是毫無象徵性的——從茅盾的最後趕製回憶錄的勁道來看，他的寫作欲望和力量無疑是有的，那末……

那末這樣的悲劇在茅盾一輩的文學家中不是偶然現象。

那末如果有人說：

「這是值得深思的啊！」

那末我說：

「你深思過了沒有？」

我彷彿又聽到輪船的汽笛悠然長鳴……

傳聞烏鎮要起造「茅盾圖書館」，這是好事向上的事。可惜那許多為我所讀過、修整裝訂過的書，歷經災禍，不知所終了，不能屬於一代又一代愛書的人們了。

睽別烏鎮四十餘年，如果有幸回歸，定要去「茅盾圖書館」看看，問問，藏有多少書，什麼人在看什麼書。

壽勝塔諒必已經倒掉，昭明太子讀書處自然也隨之夷為平地。烏鎮應有新一代新二代的兄弟是可愛的。「兄弟，兄弟」，在純貞的意義上值得含笑稱呼。倘若先限於「文學的範疇」，那末這個稱呼就更親切，更耐人尋味而非尋遍範疇不可了。

遊刃篇

子午線的受辱

英國有個地方，叫倫敦。倫敦東南面有條河，叫泰晤士河。泰晤士河邊有個臺，叫格林威治天文臺。格林威治天文臺裡有個館，叫子午館。子午館裡有條線，叫東西半球分界線。

子午館，牆壁、地面，都鑲有子午線——大理石，嵌銅條，清晰極了，此線當然有兩側，一側：東經。一側：西經。那還用說。

有錢的有知識的現代芸芸眾生，都喜歡分開雙腿，一隻腳踏在子午線東側，另外還有一隻腳，真的，都有兩隻同樣大小的腳，分踏於東側、西側——拍照，叫「腳踏東西兩半球」。

我兀立在子午館裡，看眾生喜笑顏開，各式的腿、各色的腿，分開了，拍照了……

為什麼我雕像似的站在一角，喜歡子午線嗎？喜歡腿嗎？喜歡分開的腿嗎？

我等人，等一個人，那人不願腳踏東西半球，同伴們要他分腿拍照，他微笑，走了——我等他來。

沒來，也許來在我之來之先，我之來之後。

啊子午線，當人們分腿威臨於你之上，便有一場先驗的追思彌撒，那樣地在旁為你而悲慟，一批又一批遊客，侮辱子午線，地球成了伎物，盡嫖它，一點也不愛它。

白色大災

據法國警方的統計，法國百分之八十的吸毒者，年齡，十五歲到廿五歲。

波恩，衛生官員的統計，一百萬西德兒童，經常吸，這種毒品，或，那種毒品，年齡，十一至十五。

意大利化理學家賽沙里尼說：那不勒斯，牽涉毒品活動的兒童，可以組成一支大軍（勝過十字軍）。

意大利吸毒者，二十五萬正，按人口比例，可能比美國還要高（美國之高可想而知）。

這樣，法國——十二萬人。英國——四萬。細小而保守的愛爾蘭，也有六千。好，歐羅巴大致如此。

毒販，利用兒童，運輸毒品，被捕，何控告之有。家庭呢父母呢？全家唯一的進款，全靠兒、女的活動。

耶穌說，不像小孩子，就不能進天國。小孩子說：吸了，嘿，比進天國還要好——耶穌又走在曠野裡……

最有辦法的是上帝，上帝說：怎麼辦呢。

里米太太後悔了

馬來西亞的里米太太，卅六歲，長女九歲，次女五歲半，兒子未滿周歲，十一個月。一家四口正在戒毒所苦度光陰。

曼・辛格・里米太太對我說：懷孕期間，她一直都吸毒，子女出世便有毒癮，毒癮發，哭不停，鄰人囉嗦了，她餵孩子以鴉片，只圖耳根清淨。

她說：一日兩次，每次以鴉片二粒，勾水或勾牛奶，給孩子喝，喜歡喝。

十一個月的男嬰，馬來西亞最年輕的黑籍道友，近乎「天才」、「神童」一類。

曼・辛格・里米太太在電話中向我哭訴：一九七五年，當時，我忍不住對丈夫說，胃痛得要命，他給我鴉片，一吞就止痛，是這樣，我開始了，直到現在，噢不，現在我戒了，他嗎，兩星期前突然死亡，太突然呀。他也吸，十年，我是九年，我真後悔，尤其是這兩個女孩，一個男孩（以下只聞哭聲）。

里米太太後悔了。

西班牙一套房

世界上，最昂貴的一個酒店套房，每天費用，五十萬比塞塔，折合三千五百美元，但泊車是免費的。

西班牙，馬爾韋爾亞，迪納馬酒店，五一七號房。

阿拉伯的石油王曾住於此。現時及以往的皇室成員，曾住於此。參觀過這個套房的，有已故伊朗王的孿生姊姊，阿殊拉夫，普魯士公主瑪莉亞・路易斯，及一批公爵、伯爵。

一共五個房間，兩千平方公尺，面向地中海，浴室從1到8，還有具備捲浪的游泳池，還有綠草如茵、人造瀑布流得歡的平臺。

此套房已被預定到本年底，誰預定的呢，迪納馬酒店有關方面拒絕透露，因為我事前叮囑過。

高爾夫球王請安心

廿年來風塵僕僕，居無定所、食無定時，每晚（夜深了），躺在豪華的酒店裡，好像是失眠，夢想一間雨聲瀟瀟的茅屋。不是我。是白勒仁・班尼士。誰人不知的國際高爾夫球星，藝之精，名之盛，「巨星」，不必謙遜。

人人羨慕他的免費旅行，班尼士，說吧，他說比賽壓力大，一心了解比賽情形，哪有閒散投置名勝古跡。賽事結束，匆匆趕程，下一個……

與家人聚少離多，希拉莉，算是自小習慣了的，她父親，也曾是職業球員。她現在還是愛班尼士的。班尼士形容自己比較幸福

（幸福當然是比較出來的）。

兒子，有的，女兒，也有——兩個陌生人。一聲「爹地」，彼此無甚感覺。爸爸而已，兒女而已。

當太陽從海平線上升起，當運動作為謀生的伎倆，每天除了比賽，便是練習。手指起了繭疤，背肌痛是一種必然性的體現（是個三段論的問題）。

班尼士還有希望嗎，有，他希望，時光倒流，重新選擇職業，一定，一定不做職業高爾夫球員。做什麼呢，隨便什麼都可以。什麼都不做，更好。

英國的天才是怎樣誕生的

一九八三年，英國出生的嬰兒，六個中有一個，是私生子。

一九八六年，五個中有一個……

（六十年代，每廿一個嬰兒，有一個私生子。）

「英國是，私生子能獲得存在權的，唯一的國家。」巴克爾笑咪咪地說。

統計學家巴克爾，認為從廿一比一，到六比一、五比一，英國紳士淑女，開放得多了。

私生子都很聰明，「廿一比一」的那一個，「五比一」的那一個，誰更聰明？

我認為「廿一比一」的那一個，勝於「五比一」的那一個。

問：何以見得？

反問：如果，英國，進化，五個嬰兒中，四個是私生子——還都很聰明嗎？

比黃金貴七倍

海關緝獲毒品，價值百萬千萬美金，海洛因，鴉片的精華，美國、香港吸毒者，嗜之若命。

某次，邁阿密海關人員，在一架哥倫比亞飛機上，查獲四千磅海洛因，請鎮靜，價值：九億二千五百萬美金。

昂貴的海洛因，身價，黃金之七倍。美國不法之徒，最大一本黑經，毒品交易，每年超過三百廿億，相當於七大石油公司，收入總和的兩倍多。海洛因，黑市售價：三千美元一盎司，你不信也得信。

耶魯醫學研究院，表明，經常用海洛因的人，頭腦麻木，有時，並沒注射，也有飄飄之感產生。緝毒人員發現，街頭兜售的海洛因，只不過一點點真，其他是麵粉、蘇打粉、硼砂粉，癮者照用不誤，能過癮。

每次緝毒，緝獲毒品，市面上的海洛因，價格直線上升，毒販要賺多少錢，主意是打定了的，毒品被沒收，這些錢，從吸毒者身上賺回來，不少毫分。

富可敵國的大毒梟，他們不吸海洛因，衣冠楚楚，文質彬彬，會藹然對你說：年輕人，珍惜青春，生命，只有一次生命。

去看蘇丹人

全年萬里無雲，喜歡嗎，烈日當空，中午攝氏五十度，五十度以上，喜歡嗎，想吃雞蛋，放在路上，幾分鐘，熟透，喜歡嗎，蘇丹沒有雨，幾乎沒有。

麵包、高粱薄餅，菜肴大多生拌。晨，放糖的紅茶，幾片餅乾，不是早餐，早餐是上午九時至十時。下午兩點半午餐。八點晚餐，蔬菜，煎煎烤烤牛羊肉，又來了加糖的紅茶。

穿的更樸素，白，白頭巾白長袍，女的紗巾偶有彩色。蘇丹人熱情（熱情總是好的），蘇丹人重禮節（重禮節總是不錯的），喜歡交朋友（交朋友總是樂意的），特別是老朋友，久別重逢，快樂得要死（要死就是要活的意思），彼此握手而擁抱（這是誰都會的），不，左手搭肩，右手摟腰，啟齒問候，殷切萬分，如果你家裡人多，親戚尤多，朋友更多，那就別到蘇丹去，蘇丹人哪，問候你，問家屬，問親屬，問親戚，問朋友……你受不了時，便是你該受時。

我為何敢去蘇丹呢，我，他們都知道，光我自己一個人，「你好啊」，下面就沒了，開始音樂了，蘇丹的音樂，是有件東西在不停地響著的意思。

你還是不去蘇丹的好，我去，去去就來，為了有個蘇丹人愛著我，為了愛，再怎樣，也去，以為蘇丹那邊無人可愛是錯的，任何地方，平均兩千人中總有一個，是我喜歡的那種樣子，那種脾氣，如果我自己體健、心情好，五百人中也能找得出一個，使我著迷的人。

蘇丹有名火爐國，我燒完了就回來，怎麼，也去？那麼我們一同去看蘇丹人。

柏拉圖心中有個結

我聽說，十九二十世紀間，有個美國人，卡爾．V.安德，俄亥俄州生。

（——美國人又怎麼樣。柏拉圖悠然道。）

我看見，安德受聘《紐約太陽報》，十六年，後來，在《紐約時報》，工作，一年一年二十年。

（——近四十年又怎麼樣。柏拉圖閉目道。）

我證明，安德，根據埃及古墓、象形文字，判斷四千年前，尼羅河畔，發生一起弒君案。

（——推論正確又怎麼樣。柏拉圖燃起雪茄道。）

我親聆，安德和藹可親打電話去普林斯頓：「哈囉，艾森哈特博士，您的文稿上，將宇宙的半徑，算成了直徑。」

（——博士認了錯又怎麼樣。柏拉圖用力抽了一口菸道。）

我目睹，安德給亞當斯教授掛電話：「日安，教授，您把愛因斯坦的講稿，一個地方譯誤了。」亞當斯說：「愛因斯坦就是這樣的。」安德說：「那好，是愛因斯坦錯。」

（——後來事實又怎麼樣。柏拉圖站起來道。）

我去問，愛因斯坦笑著說：「那天在黑板上抄寫時，把公式抄錯了。」

（——安德現在又怎麼樣。柏拉圖捏住我的手道。）

我告之，安德，長眠在墓地，他到頭來，仍然是編輯。

（——這位編輯實在不一樣。柏拉圖淚汪汪道：實在不一樣。）

我就想，柏拉圖心中有個結，沒有遇到過好編輯。比之柏拉圖呀，我是快樂又甜蜜，諸大編輯對我的文句，從來不挑剔，我寫糊了寫傻了，都說這樣讀來才親切。

小費概論

（第一原則）千萬別依賴「旅遊指南」；莫妄想記住那些千變萬化的「規定」，什麼丹麥的計程車司機不收小費，法蘭西國家劇院的帶位員，是否會控告你「行賄公務員」……

（第二原則）每到一個國家，先兌些相等於美金五角、一元的當地貨幣，然後瀟瀟灑灑抛掉它們，瀟灑的尺度：在酒店、理髮店、火車站、飛機場，按美國慣例，略高一籌，相當瀟灑矣。

（附註）餐廳，請留神，歐洲幾乎都在帳單上加百分之十五的服務費，請一瞥侍應生的眸子（不論是褐是藍），有無阿拉伯數字在閃爍——你還是問一問的好。

（補註）當你把找出來的零錢，賞給侍者或司機，為何對方毫無反應？在比利時、荷蘭、瑞典，其他斯堪地那維亞半島國家，小錢幣＝0，請調整一下瀟灑的尺度。

（參考）狄更斯發言：小費應該包括在帳單中，我堅持，不該再附加收費，別寵壞了。（《匹克威克外傳》裡的金格爾，也慣說「我堅持」，金格爾是作假，狄更斯認真。）

巴爾札克發言：有教養的上流人士，對車夫、浴室侍應生、任何傳遞物品的人，從來不會敷衍搪塞。（德・巴爾札克的de不是白加的。）

普魯斯特不發言，他一貫付超額小費。（希望別人在這方面學他，不要在文筆上學他。）

沙特習慣隨身帶鉅款，有人問了：你這樣給小費，想不想到有傷侍者的自尊心？沙特反問：否則，傷我自尊心。（後來沙特也窮了，自尊心不知怎樣了。）

今收到潘斯來信

一九四四年，五月，兵艦卡里普號，弗吉尼亞州↓北非阿爾及利亞。軍人們在艙裡在甲板上，寫許多信，交給阿爾及爾負責郵務的麥可。

麥可死亡，許多信沒有寄出。就這樣。

一九八六年，六月，杜拉家的頂樓，白蟻越發猖獗，請工人來懲治——翻出，這批信，報告郵政局。

要找到四十二年前的收信人，困難。努力把信件退給發信人，困難。美國郵局總長凱西說：我們不負拖延的責任，由於這些信件並未投寄。記者們，笑了笑。就這樣。

潘斯六十五歲，戰後，和他那位，那位未收到他的信的女友，結了婚。

凱西總長舉行的記者會，潘斯，整了整領帶，當眾朗讀，卡里普號上寫的信，熱情洋溢和洋溢熱情。

站在潘斯旁邊的裘蒂，笑容滿面滿肩，說，對大家說：我收到，收到這封信，真是高興，高興得要命，雖然，它，來遲了，四十二年。

潘斯和凱西和記者們，聽著裘蒂的聲音，也高興，不過不是高興得要命。

接著是，這則小品的讀者高興，作者呢，也一同高興，忽然又不高興，想起了戰爭。

夏闌三簡

F兄：

在致別人的信上想念你，是不夠的。

你說「哲學」是否就是「人」應對「宇宙」的韜略呢？哲學家都不覺識、不承認。李耳有所知、有所用。古哲學家強也正強在憑兩三只棋子，能擺出這麼些局譜。他們好認真，憑血肉之軀來思想，像自然那樣不怕累。「自然絕不徒勞」，人是常常徒勞的，你說呢？比薩斜塔一天天地在徒勞。

李耳的理論，為了想與「以萬物為芻狗」的那個對象周旋到底，李耳有底，不仁者無底，這樣便起了景觀，「有底者」與「無底者」較量，李耳欲以其溫柔的暴力之道，還治溫柔的暴力之身。敗局是注定的，「有底者」輸於「無底者」。不言而喻而哲學家還要言，那些芻狗呢，始終言而不喻，另一些芻狗，用李耳本來志在應對「宇宙」的韜略，濫施於制服「人」的陰謀架構中，此「人」以彼「人」為芻狗。李耳不是不知道，知道的，所以他想把芻狗們痲痹掉算了，省得他們相互撕咬，自在的不仁已經難對付，加上自為的不仁，就永無寧年永無寧日。但第一個絕望者是李耳，這個絕望真長，一直到現在，一直還得絕望下去。這樣長的絕望，當然成了景觀。

你所稱道的「喜劇家」，不敢當，我至多是個手心出汗的觀眾。喜劇是供悲劇吃的羊角麵包，早餐之前，悲劇為烤麵包的香味所籠罩。

喜劇是浪花，悲劇是海水。然後，悲劇如雲霧，喜劇是天空（多寒傖的比擬，雖然很想再比擬下去）。

我偶爾時常想起來就感到活潑的是，蘇格拉底他也說寫悲劇的和寫喜劇的是一個人。我又時常偶爾想起來就覺得鬱悶的是，當初蘇格拉底如是說，他的學生、他的朋友，都在通宵長談之後，憊極，瞢然頷首而去（有關蘇格拉底的記述中，沒見這個觀點的充足闡發，僅此一句也是向來被忽視的），這是十分糟糕的象徵——凡蘇格拉底者，長談通宵，仍然酌酒清語，曦光中沐浴，凡學生朋友者，總是憊極，瞢然頷首而去。

我的際遇，即一生所曾邂逅的學生、朋友，乃至師尊、長者、情人，在長談通宵之後，無不憊極，無不頷首而去。他們走了，走得比希臘人快——如果說那是我不好，我談得不好，我是談得不好，蘇格拉底呢，蘇格拉底談得那麼好，不是人們也都走了嗎。

沒有蘇格拉底是寂寞的，有起來也不會七個八個一同有。這裡一個，那裡一個，分在兩國兩洲，年代也隔得遠，遠遠。所以蘇格拉底者，就是寂寞的意思，而且，不寂寞就不是蘇格拉底。

單論寂寞呢，是沒有演員沒有舞臺沒有觀眾的意思。偉大深刻而且完美的東西像皂泡，圓了碎了沒了。所謂現代，現代人口口聲聲的現代，是演員少，舞臺小，觀眾心不在焉的意思。你說呢。

神呀，真理呀，全是這樣。

存在主義行過之後，才想起他們該說的話沒有說。

今日雨，明天要見面，還下雨嗎。

七月三十日上午

C弟如見：

昨夜電話中沒有說清楚，當然，哪裡就說得清楚男男女女的千古奇冤。李博士，我稱他為李爾德的那位逆論家，在客廳裡聽到了我們的亂談，後來脾氣發作，藉德國老牌的哲學刀來大開殺戒了，姑且略去那些邪門兒的經院哲學，扼要轉述一點道別人不敢道的李氏逆論，供你一笑。

他說：「男人是被女人害的。女人是被男人害的。男人還是被女人害的。」

他說：「默認這個說法的男人，絕大多數正被女人害著，害得無能脫出其害而一言不發。反對這個說法的男人全已骨酥膽落，他們竭力駁斥，心裡卻想：居然有人連發三箭，箭箭中的。」

他說：「欽佩這個說法的女人是不會少的，然而她們不聲響，呶呶嘴巴回到房中的大鏡前，一撩頭髮轉了個旋體。不同意這個說法的女人，必是苦於找不到男人可害，否則，是嫌她所害的男人總數不夠多，或則嫌程度不夠深，還沒有被害到足以反過來害她，足以使她再反過去把他徹底害了。」

我忍不住要問他這是什麼原因呢，李說：

「根本的原因是：性別，上帝的原罪。表面的原因是：她不知道這樣就是害，她以為一切都是為他好。他呢，本來也不是那樣容易害的，他也在想：她這一切無非是為了我好。兩者相加、相乘，馬馬虎虎架構了一部通史。在斷代史和稗史中，有幾個不為女人所害的男人，他們不害女人，不害，所以女人也難於加害——這樣簡單明瞭，人們還以為複雜奧妙極了的呢。尤其你們小說家，把這個事實事理估量得模稜兩可，三可，四可，認為如要加以判斷，是魯莽輕率，是萬難公允的。就是因為你們如此謹慎練達，所以始終支支吾吾弄不靈清，你們只有刀柄，沒有刃鋒。

當然，寫出來了，斫下去了，也是白寫、白斫，小說家自身也不是男的便是女的。」（李博士自己笑了。）

李吉訶德攻打小說家，我不計較，也不助陣。他走後，收拾茶具菸缸之際，覺察我也在默笑：海涅的散文論文絕不比詩差，他說，最早的，第一個哲學家，是女的，伊甸樂園，沒有腳的女黑格爾。那麼，李氏逆論不算過分，沒有宣布一個男的為兩個女的所害。大概像李爾德、李吉訶德這類博士學者，一般著眼於通史斷代史，至多略涉稗史。史前的事，不在乎。史外的史後的事，更是全盤無知。

但是你說，真的怎麼後來就不出女哲學家了呢？有腳的女哲學家？沒有女哲學家，不是好事，也不是壞事，是很恐怖的事。

八月一日燈下

昨夜睡不著，與李通電話：就問這個，他答：「因為女人的頭髮裡面是頭髮。」我追問：「再裡面呢？」答：「還是頭髮。」——李真狡黠，看來史前史外史後的事，他並非全盤無知。下次約他來，你我設法逼他招供，他這番逆論必是有著私人情結，儘管他確有可觀的理性，他的智力已經越出理性範疇，只有深蘊特殊情結的人，才會發生這類詭譎的論點論調——我想，你也有求索的興趣吧？不過，這狐狸，要牠入陷阱，得花大工夫。

二日晨又及

Z君大鑒：

上次信中，偶涉「立志」事，僅三言兩語，你也許不注意，試贅續如下：

少年青年重立志，壯年中年又當立志，老年晚年更須立志。初期的立志，是模仿，大輪廓。不到人生的半途，能知什麼是宜於自己的「志」？（不宜，不特殊，這種「志」立了等於不立，比不立還無聊）後來，再後來，方始逐漸明白何種「志」才是自己所應有，所可能。不一定是縮小、降低，最好是擴大、提高了。寫完第三十八交響樂，看看左腕上的表，右手又開動寫第三十九交響樂，寫到第四十一個才休息——多半是這樣的，不這樣又怎樣？

中國的詞彙中有很多早已入土，大家認為入土為安，我們姑且出土一個「邁跡」，注釋起來是「無所因而奮發自主」，我則戲稱為志前之志。邁跡狀態是很可愛的。是不參加比賽的競技狀態，廣義而觀之，也是都在比賽之中，只是自然界無獎、無賞、無名次。植物動物都是很邁跡的，一切我能看到的植物動物，我幾乎都喜歡（有少數，實在不願恭維），就在於鑑賞牠們的無所因而奮發自立。到後來，一見到人，我就沒有這種好心情，人如果止於邁跡，終究乏味。許多奮發自立者，就差在無所因，充其量是生命力亢進。所以討厭。

並非少年青年無志，壯年中年立起志來了，也非從少年到中年一貫懵懵懂懂，老至，豁然開朗，目標堅定——不會的，不行的，來不及的。「志」不是這樣的東西。沒有在前的發生發展，哪有在後的發旺發揮。少年行屍，中年走肉，老年殘骸若干。所以首要還是在乎少年青年的立志，寧可是模仿行為，縹緲輪廓，到壯年中年充注真質，大而有當，以實顯華，然後，難度高了，卻容易一簣一簣畢全功。功敗垂成的故事當然很多，很傷心，而我常常看到功成垂敗，那個時候，就是顯「志」的當口。面對的「敗」很大，昭示著身名俱裂，「垂」很長，十多年，朝朝暮暮

「垂」著，半夜裡醒來也「垂」著。這樣長的「垂」這樣大的「敗」之能轉，轉為「功」而「成」，總是「志」更長了些更大了些的緣故。一場長與大的比賽，比得過來，就算不錯。

他呢，他不屬於「功敗垂成」，也不屬於「功成垂敗」，有來歷的獨生子，畢竟不一樣。他在白楊木架上說的最後一句話是「成了」——他成得快，富有場景感。後來別人要成就毫無場景感，配角也不齊、不相稱，而且慢得真不像話，慢得實實在在受不下去了，結果成了——一切仍舊在於自己，全在於他自己。

以上聊作前信的補遺。

那天在中國街見你買曹白魚，後來我也買了，蒸後去鱗甚易，鮮美十分深刻，八元一瓶不算貴，牠是整條魚切段裝一瓶的。

此祝

近祺

八月三日

再者：

你想讀就直接讀《查拉圖斯特拉》、《朝霞》等原典。那些「評」呀「傳」呀，斷章取義譁眾取寵，不可理會，一理會就參與斷章譁眾了。

眸子青青

慢慢地，其實也不慢，也很快，總是前後十年光景。

古典音樂，即所謂喜歡、或所謂愛好、或所謂著迷地那樣聽古典音樂……

不再聽，不想聽，不要聽，不必聽。看到別人在聽，覺得可憐，可鄙——還聽這種東西。

貝多芬驀，蕭邦俗，巴哈迂腐，莫札特，淺薄，開玩笑。不僅不再遷就，即使提到這些名字，也覺得太那個了。（哪個？直說出來就是：再聽再提這些東西是可恥的，枉為現代人。）

因為他才不戇、不俗、不迂腐、不許別人開他玩笑。

怎麼回事？

這樣一回事——是個與古典音樂已經全然不相稱的人了，不配聽，被古典音樂屏棄。

他不知道，全然不知道原來是這樣一回事，這就越發無還價地證明：他確鑿不配聽。

還有一個雄辯的事實可作旁證：此輩快速超凡入聖的現代唐璜，都老死亦相往來地喜歡或愛好或著迷於北京歌劇、新潮時代曲、三十年代中國電影夾縫裡的小調，這等於認定：那些東西是永遠不戇永遠不俗，不會迂腐不開玩笑的。

一個人，單單一個人，會獨特進化，進化到揚棄巴哈、莫札特、貝多芬、蕭邦……而「古典音樂」是供「揚棄」的？

希臘雅典全盛期的雕像，誰說對它們已感到煩膩了——一定是雕像在說，它對這些現代人實在感到煩膩，煩膩透了。

（亨利・摩爾認為他自己的雕塑根本不能與意大利文藝復興期的作品比，古希臘的呢？更不敢較量了——所以摩爾終於有這番業績。）

剛才的那個「他」，還得談談。對於他，如果世上從此不再演奏古典音樂，不再，絕響，曲譜悉數焚毀，怎麼樣？他說：「那好，反正我早就聽過了。」（他之所以如此慷慨豁達，是有「底子」的，三十年代郎呀妹呀的小調，雨後春筍般的時代曲，他知道不可能殉古典音樂的葬。）

事情又並非如此發展，據說這世界每一秒鐘都鳴著貝多芬的樂曲。那個「他」，很快就沒了，影子也沒了，其實早就什麼都沒了。

那好。這樣的人多的是，將來也多的是。

好的女人，都有與生俱來的一大包愛。

從少艾到遲暮，計成百，方凡千，要把這一大包捨掉。

那一大包，不即是愛，但酷似愛，但絕非愛，但難以指明該歸類於什麼，但真是結結實實一大包，但這無疑是女人中之尤善者才會有，但這樣的女人已經不多，但畢竟還存在而且還能遺傳，但你想找不就找得到，但她會來找你，但她不一定找的就是你，但你可以看到她找了別人，但你不必嫉妒，因為也許寧是如此作個旁觀者比較安靜安全。

有這樣兩種熟視而無睹的人：一種是本身無意志，缺活力，只有在聽從別人的意志時，活動了，活動得很起勁，甚而參與策劃，有時也顯得頗能決斷。另一種，不同，本身也談不上意志活力，其獨處時，十分憊懶，一旦有人跟他，他轉，有人跟他轉，他便神機妙算，指揮若定，率領弟兄們，一副乘風破浪的樣子。此時此境中，前者自以為有了活色生香的方針和道路，後者自以為天生將材、帥座、王者相。

好。前者慶幸：群龍有首。後者自賀：首有群龍。好。所以這兩種人常會天造地設搭配在一起，歷朝如此，列國如此，一代代過完他們聰明伶俐渾渾噩噩的好日子。

他們又善於迴避果真意志強活力大的人物。又善於把「意志」和「活力」的定義作新解釋，就在一陣新的解釋中，把價值判斷兜底攪混，貶沒，於是相視莫逆而笑。

繼之相笑莫逆而視，好日子又聰明伶俐渾渾噩噩過下去。沒人打擾他們。從未見有一隻鷹飛下來蹲在地上看螞蟻搬家。

所以群龍有首者和首有群龍者總是過得很不錯，很有意思，很忙，忙極了。不可能有餘暇來想一想自己在做什麼。

受寵時像受辱那樣抿唇不語，受辱時像受寵那樣竊笑不止。兩者都是風格，然而都反常，應促使人竭力設法趨於正常，回到不必這樣的抿唇不必這樣竊笑的天然恬漠中去。

寵辱不驚，此種遭遇和態度（寵辱，不驚）本是很糟糕的，落入了寵或辱的境地，一時擺脫不了，只好睥睨處之，以反常應付反常而已。

高尚其事的營生，並非著眼於構成幸福，只是先為了貫徹安靜。一有幸福可言，就意味著災禍的存在，幸福是指災禍竟已過去和災禍猶未到來，那一段時空狀態才是所謂幸福，別的還能指什麼，別的沒有指什麼了。

含有宗教情操的哲學家，都明悉福與禍的先驗同在。有的設計先去掉禍，使福亦隨之而去。有的，設計先去掉福使禍亦隨之而去。兩種議論用心是一致的，都企圖抵達無福無禍的境界和狀態，結果是有的，都並不成功。福的種類禍的種類日益增多。

但是（幸虧到時候總有一個亮麗的「但是」）人世雖已定型定局，但是至今還能夠宛如存身古代那樣地，過著宗教情操十足的哲學家生涯，巧妙摒擋受寵的機會和受辱的機會，不使斑馬走在鬧市的橫道線上，等等。

往往先要在大受其辱的時期自我駕御得法，免以屈死，然後一旦轉為大受其寵的當兒趕緊集儲足夠延長生命的資料，於是消耗得極為經濟，清則清其心寡則寡其欲——老練的享樂主義者，在人間過完了一生，又再過一生，或者同時兩三種人生合著過，髣髴若古作曲法中之賦格然。

那些三流四等的文學作品中寫的，主角發愁，天便下雨，主角樂了，鳥語花香，這樣的天作之合是不可能的。人生之遜於電影，最顯著的一點，電影有配音，女人和男人邂逅，小提琴之類在暗中嘶嘶價響，這當然是非常看不起觀眾，然而觀眾樂於被看不起，觀眾非常需要有小提琴之類從旁提醒，什麼來了，什麼去了。生活中，不會到處有一把小提琴等著陌生男女，那麼，生活無疑是劣於電影了。

但是（又來了），前面說過的那個帶有若干宗教性的哲學家，即哲學到了不成其為哲學的，那個動不動就一貧如洗的享樂主義者，他覺得生活之妙，就妙在沒有小提琴在暗中發作，如果他憂悶天就陰霾，他透氣陽光立刻普照，小提琴又一天到晚叮住他，他就死了。

能歸真返璞的人是稟賦獨厚，常見的是無真可歸無璞可返。如果大家都有望各歸其真各返其璞，那還算什麼真什麼璞。

聖安東尼再誘惑

藝術家的聲譽之起，有的是走運，有的是成功。成功者少數，而多數是走運者。

走運者會脫運，一脫運，就湮沒了。運亦長短不等，長的運，看起來是永存的樣子，其實是看的人自己年命短，不及見走運者的脫運。

即便是成功者，作品也將以能量的多寡而決定它們的存在期，有歷千年猶俊傑者，有維持百年遂趨晦黯者，有因時尚而褒而貶，貶而復褒者，有始終薄明欲絕不絕者——人們把這些連起來，叫做「美術史」。（好像美術自己會做成歷史似的，真是便宜了多少美術史家呵。）

每個時代（時代是劃不清的，哪有頭尾分明的時代），每個時代的社會各處，皆為走運者的藝術所充滿，不是「街上除了藝術什麼都有了」，是「街上除了藝術什麼都沒有了」，大眾所賴以認知的便是這種走運者的藝術，因為，哦，藝術家的「運」，的種種「運」，是由大眾構成的，沒有這樣大的大眾，何走運之有？成功者呢，既為大眾所無視，為何竟能肯定哪些藝術是成功的？而且差不多沒有錯，幾乎還都是對了的？

古代，中世，近季，每個國族總有幾許精明的人，所謂高尚其事的人，在朝的，在野的，朝野混然的，結成有形無形的集團，便是權威性的評價中心（僅僅是一個人，一兩個人，就可以是這樣的中心）。那有形無形的集團裡的成員，往往本身就是藝術家，先從成員間互相認同認知開始，再擴大到集團之外，再擴大到別國別族的集團，再擴大到偶然發現的某個人身上，成功的藝術就此定位。

大眾，先承諾這類集團，然後承諾由集團首肯的藝術。

然而大眾的價值判斷，還是付之走運的藝術的，大眾以為被少數精明人肯定的藝術與自己喜歡的藝術是一樣的東西，他們全然不知自己喜歡的是不成功卻走了運的東西，相比之下，他們更喜歡他們喜歡的了，於是，那不成功而走了運的藝術就大走其運了。

「成功」而不「走運」，為什麼？

這可原因多了。最大的原因是：當時的那種少數人的集團執著幾則自以為是的信條，信條轉化為刑法，刑法可制裁與信條有異、稍有異、似有異、彷彿若有異的藝術，一律處以殛刑。另一個最大的原因是：那少數人的集團竟不是由「成功」者組成，倒是些「走運」者之流，一旦看到「成功」的作品，那可不得了，肯定它，豈非否定自己，這種「成功」的東西萬萬不能讓它走運的，它走運，自己勢必要脫運，於是把它掐死在搖籃裡，最好連搖籃也掐死。

還有另一個最大的原因是當時的那種少數人的有形無形的集團，清清楚楚迷迷糊糊不知藝術是怎麼回事，幾十年中只見一浪一浪的「走運」的藝術滾滾而過，「成功」的藝術就談也無從談起。（談談要死人的，不談，在心裡想想，也要死人的，像麥爾維爾說的，思想會出聲，出聲的思想被捉住，就死人了。而且那談談的想想的死掉了的或者僥倖活下來的人，也不就是可望「成功」的人哪。）

還是看看其他地方的大師、巨匠、桂冠詩人，最高象徵獎獲主，又是怎麼回事。

他們很簡單明瞭：多半是既成功又走運，他們那邊還有像剛才講的少數精明人，所謂高尚其事的有形無形的集團，他們沒有把艾菲爾鐵塔淹死在塞納河裡。構成這些集團的，「成功」者是多數，「走運」者是少數。（哦，「走運」者實在多，任何隙縫都有「走運」者。）

要說桂冠詩人之類，那是皇家的家務事，心血來潮，弄一項桂冠給寵物戴戴。

還有呢，還有生前窮困潦倒，死後大放光明，如西班牙乞丐賽萬提斯者，那算什麼？那也簡單明瞭，成功而不走運，死後哀榮，還算什麼「走運」。不「走運」也許只是平平而過，「倒楣」則想平平而過也過不了，賽萬提斯是「成功」而「倒楣」。然而還有比「倒楣」更糟的，叫「惡運」，交了「惡運」的藝術家，就連《唐吉訶德傳》也會遭劫，已經「成功」的藝術被毀滅了，至少西班牙乞丐賽萬提斯還不致這樣。交「惡運」，最可怕。（怕也沒有用，不怕也沒有用。）

那麼，先得準備不走運，然後準備倒楣，更需準備交惡運，準備好了沒有？準備好了，就可以去希望走運，去希望成功，既成功又走運，或者既走運又成功——那是差不多的，雖然畢竟不一樣。

「道」，要人「殉」，凡是要人「殉」的道，實在不好，實在說不過去。

老是要人「殉」的「道」，要人「殉」不完地「殉」的

「道」，實在不行，實在不值得「殉」。

只有那種不要人「殉」的「道」，那種無論如何也不要人「殉」的「道」，才使人著迷，迷得一定要去「殉」——真有這樣的「道」嗎？

（有。）

已涼未寒

一

蒙田不事體系，這一點，他比任何人都更其深得我心。

二

輕輕判斷是一種快樂，隱隱預見是一種快樂。如果不能歆享這兩種快樂，知識便是愁苦。然而只宜輕輕、隱隱，逾度就滑入武斷流於偏見，不配快樂了。這個「度」，這個不可逾的「度」，文學家知道，因為，不知道，就不是文學家。

三

或者，自我生物學這一科目，便是我在研究著的。

四

如果探求的是質的新奇，那麼，一時無人理會，若干十年若干百年後，有可能得到理會，付之讚歎。如果探求的是形的新奇，那麼，一時無人理會，若干十年若干百年後，嫌陳舊了——在這若干十年若干百年中，大有人探求形的新奇，少有人探求質的新奇。

五

為了顯示形，故意無視質，消退質，以立新奇。二十世紀末的藝術大抵是這樣。偏巧這一時期的藝術家本身先天性乏質，也就少有求質的願望，於是紛紛順勢投入求形的潮流中。二十世紀至此已呈凋零。也無所謂料理後事。要來的，將是以質取勝的另一類藝術。兩千年為始終的輪迴，凡起首的，總是以質的特異為徵候。

六

戰鬥呀傷痕呀犧牲復活呀，這種是羅曼羅蘭的東西。

七

頌讚的詩歌，虔敬的奉獻，都不是上帝最喜悅的，上帝需要的是證明祂的存在，所以宗教家百次千次地在作證明，絕不能停，停，上帝就不存在了。

八

「當真，為什麼我們遇見一個畸形怪狀的身體是不激動的，而遇見一個思路不清的頭腦就難於忍受，不能不憤慨起來了呢？」

「因為，一個跛腳的人，承認我們走得正常，而一個跛腳的精神，卻說我們是跛腳的。若非如此，我們就不致惱恨他們，反使可憐他們了。」

蒙田和巴斯卡之所以能這樣娓娓清談，是緣於都未曾見過一個渾沌的頭腦能把億萬頭腦弄渾沌，也未嘗身受過跛腳的精神糾集起來把健行者的腿骨打斷。

九

在文學上，愈短的刀子愈刺得深。

但文學不是武器。

十

文學家要「過去」要「現在」要「未來」。

尤其看重「未來」。

政治家只要「現在」，無視「過去」。對待「未來」像對待「過去」一樣，是不在話下的事。

所以政治家為所欲為地擺佈文學家，文學家翻「過去」、展

「未來」給政治家看；不看，即使看了也等於不看，因為——前面已經說過。

十一

這樣一種人，很不容易道破。試道而破之——只有正義感，沒有正義。

十二

專制獨裁的王國中，有了一個偉大的作家，就等於有了兩個國王。

點到這裡可以為止。而索忍尼辛不為止。

點到這裡可以為止。

十三

把椅子放在桌子上，把桌子放在床上，把床放在屋脊上——文藝理論家就這樣終其一生。在某國。

床自己從屋脊上下來，桌子自己從床上下來，椅子自己從桌上下來，這是聰明的桌和椅。笨椅笨桌笨床就定在那裡不下來了。

太陽照著屋脊，不久太陽下山，夜，夜盡，屋脊上又顯出床，床上桌子，桌上椅子——文藝史家就這樣寫下來，而且拍了照片。在某國。

十四

中國文化精神的最高境界是欲辯已忘言。歐陸文化精神的整體表現是忘言猶欲辯。

十五

一具鎖，用一個與之不配的鑰匙去開，開不了，硬用力，鑰匙斷在鎖裡。即使找到了與鎖相配的鑰匙，也插不進去——而且鎖已經鏽壞，別以為那個與鎖相配的鑰匙就開得了——在比喻什麼？

十六

現代藝術是竹花。

十七

懦弱會變成卑劣。懦弱，如果獨處，就沒有什麼。如果與外界接觸，乃至劇烈周旋，就卑劣起來，因為懦弱多半是無能，懦弱使不出別的手段，只有一種：卑劣。而，妙了，懦弱自稱溫柔敦厚，懦弱者彼此以溫柔敦厚相呼相許相推舉，結果，又歸於那個性質，卑劣。

十八

喜清澈，不，喜清澈的深度所形成的朦朧。不再叫清澈？那也不再叫朦朧。

十九

到了壯年中年，想一想，少年青年時期非常羨慕的那個壯年中年人，是否就是目前的自己——是，那很好。否，那恐怕是來不及了。

到了老年殘年，「否」了者不必想，「是」的者再想一想，壯年中年時期非常羨慕的那個老年人殘年人，是否就是目前的自己

——是，那很好。否，那就怎麼也來不及了。
而對於兩度「是」者，還得謹防死前的一刻喪失節操。

二十

大自然在細節上真是絕不徒勞。整體，整體呢，大自然在整體上始終徒勞——亞里斯多德只看細節不看整體？

二十一

東方與西方最大的分異顯在音樂上：東方的音樂愈聽人愈小，世界愈小。西方的音樂愈聽人愈大，世界愈大。東方人以西方音樂的方法來作東方之曲，聽起來人還是小世界還是小，西方人以東方音樂的方法來作西方之曲，聽起來人還是大世界還是大——再說下去，就太滑稽。

二十二

論俗，都俗在骨子裡，沒有什麼表面俗而骨子不俗的。倘若骨子不俗而表面俗，那是雅，可能是大雅了。

二十三

持平常心，不作平常語。

湯顯祖、曹雪芹輩每論智極成聖，情極成佛，吁，智極而不欲聖，情極而不欲佛，庶幾持平常心矣。

遇自謂持平常心而滿口平常語者，揮之如蠅蚋。

二十四

以人倫釋天理，以天理定人倫，就此一步步死掉，壓根兒完結。

二十五

如果愛，能一直愛，看來真像是用情深，深至癡——是愛得恰到淺處的緣故，淺到快要不是愛的那種程度，故能持之以恆。

濃烈的愛必然化為恨，因為否則就是死（否則因為就是死）。

二十六

史載的大罪孽，都由個人的輕率而導致。

二十七

中國無音樂，或說中國的音樂都沒有藝術自覺，或說中國的音樂表現了中國民族性的不良的一面，或說先秦季札公子聽到的才是中國音樂，秦以後，直到二十世紀末，整個敗落不振——是大謎，大到包括整個東方：東方無音樂。

但是（這個「但是」來得不易），在華夏的「書法」中，看到了與西歐的「音樂」可以相提並論的靈智景觀，篆、隸、真、草，也極盡古典浪漫現代之能事。但是（這個「但是」來得容易）中國的書法式微了，完全式微，到宋代已成強弩之末，至多是迴光返照——這樣，中國已沒有音樂，中國已沒有書法。至於季札一輩聽到過的音樂，究竟是否能與西方的音樂相比擬？不可知。只知中國的書法曾有很長一史期，出過很多大書法家，他們所達到的境界、成就，與西方的音樂在本質上是共通的。中國的書法的普及程度，也曾與西方的音樂的普及程度差仿不多。但是（這個「但是」來得傷心），「書法」衰了，糟蹋了，所以說後來沒有「書法」，是為了抹去「書法」既衰之餘被糟蹋的醜事劣跡，省得壞了「書法」的名譽。

二十八

天生不宜作勝利者，自來沒有勝利的欲望，只是不甘失敗，十分十分不甘心於失敗。

二十九

生活上宜謙讓寬厚。藝術上應勢利刻薄。

（為允酬一位良友對這兩句的謬賞，姑且這樣記下。對於自己是毫無意義的了。）

三十

耶穌問：
除了自己寫，在文學上，你還想要做什麼？
答：
在文學上，推倒法利賽人的桌子。

麥可和麥可

教堂門口的彩虹

為了某本書的扉頁，擬攝一幀全身像，以聖派屈克教堂的外觀作背景——曼哈頓到處是新潮，唯獨那門牆有舊氣。

與攝影師約了在現代藝術博物館會面，按時步行而去，但聞水聲潺潺，就此望見教堂飛瀑直瀉，五十三街接第五大道這個轉角急水亂流——紐約是傻，連此分差強人意的風韻也不知珍惜，認為教堂髒了，狠命用水沖，毛糙的石面反而疤疤瘢瘢，該疥癩建築目前是全紐約最醜的了。

攝影師到，苦笑，聳聳她掛著相機的裸肩。

近午，日光照在教堂正門的臺階上，被紛紛的水珠折射出一彎虹，小小彩虹，有人舉著相機要獵取這個奇蹟——黃種，青年，鞋全浸在水裡，他再三調理角度，又要教堂又要虹。

她說：「街上洪水也有，鴿子也有，再加虹，實在很像創世紀。」

「六十個荷蘭盾，二十四美元，當初曼哈頓島的賣價再高就沒人買了。」

「走吧？」

「去哪兒？」

「Inwood Hill Park，有真的殘牆斷垣。」

說話時，誰也不看誰，都凝視著那彎七彩的顫顫小虹。

斷頭臺之類

晴美的下午，電影院，丹東後傳，看法國名演員飾丹東，附帶泛覽十八世紀的法國人民，一樣，與別的世紀別的國的人民是一樣的，一樣哄一樣散。

那座斷頭臺，鍘刀部分，大大的油布圍著，以防雨淋生鏽，如果明天要行事了，便有個面目不清的襤褸健婦，跪著趴著使勁洗刷、洗刷那座斷頭臺哪，明天要用它了。此刻站在臺周呆看那些個，翌日將及時趕來，畢竟斷頭的少，看斷頭的人多。

另有面目不清的男子，把乾草扔進木架底下，鋪開、勻平，乾草有和悅的黃色，乾草的黃色又老成又稚氣。

與丹東同時判死刑的囚犯，一起在牢房裡作準備，獄卒手執大剪，把他們後頸的散髮刈掉，內衣的領子也鉸去，脖子完整露出，顯得主要，它們先驗地為斷頭臺而存在，男性的圓中寓方的頸項，美學上非常成功，就怕政治上非常失敗。

歷史和電影都規定丹東他們要這樣死，那是很快的，人橫著，刀直的下來，身首異處，血像水桶倒翻般地流，下面的乾草全紅了。一七九四年，國民議會議員，晴美的春日午後，百老匯支路上的小電影院，遺憾是斷頭臺這種東西，看不真切的。

電影是下午，電影裡上午，演丹東的接著變成《馬丁回來了》的主角，終局是絞刑，也不慢，也看不清楚。

黑晝

回寓，倒在床上就睡去。

噩夢連連，寒顫，勉力拉毯裹身……沁汗……終於扎煞著甦醒。

啟簾，憑窗呵欠，陽光已照著對街的車站，匆匆趕班的男女，星期五。

盥洗後頭還是痛，天色變暗了，看來要下雨。

以前山居的經驗：特別清朗的晨曦，預示這一天是陰雨，如果破曉麓谷霧濃，那會轉為全日晴正。

天色更暗了，看來要下大雨。

忍著頭痛開燈伏案，寫過數頁，回望窗子，全黑！

起身俯看對街，沒有雨，行人如常。

電話一個不通換一個：

「現在是九點鐘嗎？」

——是的。

「上午九點還是下午九點？」

——你怎麼啦？

「快回答！」

——晚上，晚上九點呀。

「……哦……」

——你有病？

「累，累糊塗的。」

——需要幫助嗎？

「如果現在是上午九點，才需要幫助。」

……午後出門，幾件事辦完將近三點，在酒吧是站著喝了就走的，歸程一小時，那麼倒身入睡大約四點光景，昏昏沉沉，以為整夜過去……夕照看作朝陽，回家的路人極似趕程上班，暮色便誤認雨雲。

全黑的上午，地震，毀滅……

不想想如果真的上午全黑，路人怎會一個也不驚惶——而剎那間，就因為眼看男男女女行走如常，我更詫異，更恐怖。

掌聲與哀歎

近年來看書必得戴眼鏡，地下鐵到站，忘了摘下，跨出時倏然跌落縫道間，車開去了，眼鏡並沒碎，它在暗底仰視著我。

找警察先生，能否讓我從盡頭的階梯下去，他認為這是違法的，而且拾得眼鏡也無用，因為我必定會被列車軋死。

車一列一列開過，眼鏡閃著幽光，那麼，在站臺上有何方法取回它？

絨線衣的袖口已綻了，車站的雜貨有口香糖，褲袋裡鑰匙串的重量是夠的。

口香糖嚼過後，黏在鑰匙上，鑰匙吊於絨線的一端——身旁的候車者們注意我的怪異作為，當我蹲下來，像汲井水又像釣魚那樣……人們明白我的意向，聚而熱切俯看……

鑰匙串對準眼鏡徐徐垂落，將接近，一鬆絨線，重量與黏性配合，眼鏡動了動，不動了。

屏住氣，兩手輪流收線，目不旁視，卻感覺到左右很多視力集中在眼鏡上……

它已升出站臺的平沿，提線輕蕩，它就斜墮在我腳邊，有人拍起手來，接著掌聲響成一片。

這時我暗暗哀歎，因為就在這時我特別清晰地意識到此身處於年輕的易感的國族，而已不是衰老冥頑的國族了。

雨中默劇

這鄰家，每月總有一次宴會似的，來賓不見年輕者，老翁老媼駕的車都平常，穿著也平常，鄰家的屋子就是平常的。

使我停步的原因是那條棕色的狗，也是慣例，凡是耆老們聚首的日子，牠就被主人逐出門外。某些狗確會興奮過份，賓客多了，牠如癲似狂親暱糾纏，誰也難於應對。

每一批來賓下車，主人開門迎接，狗就跟進，關門時，非把牠逐出不可，牠奔到我腳邊，接受撫摩揉拍，整個棕色的毛身微微顫慄。

下雨，暮色愈深，屋子雖然平常，此時也燈火通明，沒有音樂笑語傳出來，這些老翁老嫗在做什麼，似乎都是默默地飲食著。

我欲回寓，而牠獨自在門前的小徑上又如何呢，賓客散後主人才會召牠進屋，之前，即我離開牠之後……

與這幢屋子，與屋內的人，我全無干係，而與牠廝守在微雨的夜色中，便像我也是個被逐者？

雨下大了，我故作專斷狀，不許牠跟隨。

中夜，浴畢啟窗張望，鄰家只有一處亮著，是廚房吧——狗已不見。

每月耆老們按例要聚會，門前的路旁泊著幾輛車，那緊俏的棕色毛身的狗竄動其間——我感覺到自己在克制，克制到沒有感覺時就平復了。

麥可和麥可

學院裡名叫「麥可」的多得不知其數，咖啡座收錢的麥可最宜人記憶，英俊，英俊得過份了似的。

上午十時半，學生紛紛來三樓就飲，差不多趁此完成午餐——麥可忙，收錢，找零頭，接受愛慕的目光，付出有禮貌的俏皮話。

這個藝術學院是片野草地，出過幾個大師，算奇葩，而近百年來，盡是蒲公英。堪充佳話的是：院長、辦事員、模特兒、雜工，個個愛畫，全能把顏料塗到布上紙上，然後掛起來。

底層通往電梯的那邊，設有繪畫器材供應部，管理者兩名，全日坐鎮的是位老紳士，軀幹挺到了木強的程度，抬著狹長的瘦臉，走路的姿勢，使我覺得一個人不可能天生如此，步步經典，動比不動還靜，而他的窮、老、醜是明顯地合併著，從不見他與誰交談，難設想這張臉能作笑容。可是每次見他走過，我都目送，呆愕於他的一派靜氣、文雅、傲慢，實在寒酸之極。某日院長找他，才知道這位紳士也叫麥可，老麥可。

那個漂亮的少年麥可呢，不見了，咖啡座櫃檯上缺失這幀眩人心目的半身像，大家都有黯然之感。

我發現器材部中有個側影甚似小麥可——他調到這裡工作，清閒得很，在閱書，書很厚。

每天上下電梯，不期然要望望器材部的玻璃門，麥可在閱書，在與老麥可議論，麥可晱霎眼睛，點頭……老麥可翻開另一本書，枯瘠的手指按在書頁的某處，麥可湊攏去看，仰面問，因為老麥可筆直站著，小麥可愛嬌地支頤坐著，中間隔著茶几，几上都是黑黑的書，這種事我熟悉，求知、討教、授業、解惑，古希臘的雅典習俗：一個少年必得交一個中年的朋友。

老麥可向來不到咖啡座，小麥可也從此終日坐在茶几前閱讀——我嫉妒，嫉妒嫩的一個，也嫉妒朽的一個，這樣的雙重嫉妒不長久，我寬容了，暗暗祝賀，尊敬兩個麥可。

偶爾在洗手間鏡子中一瞥小麥可，他的英姿銳氣全然消褪，仍不失為清秀，已非眩人心目的那類尤物，時光快過去四年，他總是以為知識來自書本，以及老麥可的啟迪引導，不可能明白他償付的是美貌青春。

永別漂亮的麥可，今後是淵博睿智的麥可了。

寒砧斷續

一

舉世稱頌的事物人物，大半令我疑慮，而多次是此種疑慮顯出價值來——在這早已失落價值判斷的時空裡，我豈非將自始至終無所作為。

二

有著與你相同的迷惑和感慨，我已作了半個世紀的掙扎，才有些明白，藝術家的掙扎不過是講究姿態而已，也就是那些「掙扎」的姿態，後來可能成為「藝術」。

三

「毀滅」是否與「創造」同為文化之必要，儘管布萊克、葉慈、傑弗斯相繼若有所悟地吟詠過來，我卻因之更不安了。

希臘一定要特洛伊戰爭？耶穌必得有希羅、凱撒？愛情的殿堂規定建立於排汙泄穢的區域？這豈非絕望，雖然已經絕望了。

四

我的悲傷往往是由於那些與我無關的事件迫使我思考。思考的結果，我與那些事件仍然無關。唯此悲傷，算是和那些事件有過接觸了。

五

像歌德他們，就單說歌德吧，他點亮了很多燈（好傖俗的比喻），有些，至今亮著（我們感覺一直會亮的）。另些，已暗下去（以此類推，亮著的也不會一直亮）。還有些，當時也許就不甚亮，過後熄去（誰也免不了要作大量徒勞無益的事）——需要再有人點亮些燈。路仍是這樣的路，行者日漸稀少，暗了更乏人走。

原先歌德他們照亮的路，也只供後來像歌德他們那樣的人走（不知還有什麼人來點燈以供像什麼那樣的人走）。

不能想得太多，想得太多就連傖俗的比喻也懶怠打了。

六

真的有「時代的局限性」這麼回喪氣敗興的事。真的有超越此種局限性的那麼回心壯神旺的事。

或曰：即使超，超不遠。

對曰：即使不遠，超了。

而局限性中人又怎知遠與不遠。

七

「藝術是……」

藝術並非「藝術是……」，不會是這是那。是這是那，乃這乃那——怎會是藝術。倡言「藝術是……」者，（一）存心攪糊塗，自有陰毒目的。（二）未必存心攪糊塗，因係糊塗人，動輒糊塗。（三）未必糊塗人，是被攪糊塗了。

八

「五四」以來，幾乎決計可稱是獨一無二的那位智者，對於「黑暗」和「光明」，及「黑暗」與「光明」之關係，在想法和講法上，他也未免老實到像火腿一樣。

九

古代有幾個品性惡劣的文人，曾經用文字十分巧妙地掩飾了一己之本來面目；現代文人沒有這樣大的本領了。現代文人十分開心地用文字把自心的種種惡劣如數抖出來，而且相互喝采，而且相互「而且」。

十

描寫自己的夢，悼念別人的死，最易暴露庶士的淺薄。

十一

猜想康德最初排列出「二律背反」來的時候是覺得很有趣很快樂的。

無法猜想康德排到後來是否也覺得乏味而沮傷。

十二

偉人，就是能把童年的脾氣發向世界，世界上處處可見他的脾氣。不管是好脾氣壞脾氣。

如果脾氣很怪異很有挑逗性，發得又特別厲害，就是大藝術家。

用音樂來發脾氣當然最愜意。

十三

「無知」，如果是沒有「知」、缺乏「知」，那只要起「知」、增「知」就行了——事情並非這般尋常，事情很不尋常，事情是「無知」不承認「知」，始終拒絕「知」，斥「知」為「無知」。

十四

當或人說：「這太高深，我看不懂！」別以為彼有所遜，或有所憾。彼說這句話時，是居高臨下的。

十五

猶記童年的中秋夜宴邀客名單上，魏晉人士占了一大半，柳敬亭、王月生也是請的，宋代理學家一個也不請。

十六

楊惲、嵇康，那樣的犧牲，正是沒有「犧牲精神」的結果。司馬遷有「犧牲精神」。

十七

奧登弔葉慈，中途說到別人身上去，奧登代表時間發言，寬宥了吉卜林的觀點，也施赦克勞臺，因為他，詩寫得好。

我來弔葉慈，真不想說到別人頭上去，中國近季的詩人們，這樣的人，這樣的詩，這樣，這。

十八

大學者，什麼都有，都是獨創的，他所有的都是別人獨創的。

十九

弄虛作假者最容易被認作富有才華，因為太多的人是弄虛而弄不成，作假又作不像，另有太多的人更是不知道什麼是虛什麼是假。

二十

一般人，不讀書，不交友。

某些人，耽讀壞書，專交惡友。

也有人讀了許多高尚的書，來往的朋輩卻是低三下四的角色？

那是因為他沒有認為他讀的書是高尚的，他把高尚的書當作低三下四的書讀了。

二十一

牛頓如果生在韃靼人或阿拉伯人中間，就只不過是一個兇犯或流氓。

是的，霍爾巴赫先生。

韃靼人或阿拉伯人，從小出入牛頓的實驗室，及長，會成為牛頓第二？

二十二

像莫札特、蕭邦、莎士比亞、普希金，真相一開始就是歸真返璞的。

二十三

談列夫・托爾斯泰，可以這樣談：

另一個人，天性純極了，品行之美，無可指摘，他寫很多很厚的小說，本本猥瑣窳陋……

就這樣，談完了。

二十四

常聽說，托爾斯泰作為人，不好，不夠好。

托爾斯泰作為人，還可以更好。但用不著太好，太好就不是托爾斯泰。他已經太托爾斯泰了。

二十五

後於托爾斯泰的人，寫了不少批評托爾斯泰的文章，全無多大意思，因為，沒有讀者，沒有——托爾斯泰已經不在——這些批評，只對托爾斯泰有意思，對別人毫無意思，別人又不寫《戰爭與和平》、《安娜》、《復活》……別人再悖謬，再虛偽，與托爾斯泰無涉，所以托爾斯泰再悖謬再虛偽與別人何涉。

托爾斯泰有錯，他這種錯，別人不會再犯，所以談托爾斯泰的錯，對於別人不成其為教訓。

二十六

文字載負了偉大的思想、高尚的情操。文字又載負著庸瑣的謬見、卑劣的性格。本來，後一種被玷汙的文字似乎會迅即絕滅的，但有讀者，讀得津津有味——一切，有待於此類讀者的減少，減少的過程估計是緩慢的，大約一兩千年光景。同時不排除另外的可能性：所有的讀者，終於全是這樣的了。屆時，載負偉大的思想高尚的情操的文字全被冷落，湮沒。這樣的過程，估計是較快的，大約，一兩百年光景，現在不是已經開始了嗎？早就已經開始了嗎。

二十七

與某種人談論，像坐地下車，窗外一片黑，到終點站，不下，回……仍不下，復到終點站。

二十八

在藝術上，一個天才攻打另一個天才，挨打的天才並無損傷。兩個天才對打，打完了仍是兩個天才。

二十九

人們熱中於探究杜思妥也夫斯基的病態。我以為能這樣寫自己的病態以及眾生的病態的杜思妥也夫斯基，必定具有一時難以為詞的「健全」，這優越的「健全」，才是奇觀——探究杜思妥也夫斯基的健全，被探究者與探究者，雙重難能可貴。

三十

過去了的時代，可稱為「神的時代」、「真理的時代」、「有神論的時代」、「有真理論的時代」。沒有一個宗教家哲學家藝術家能脫出「神」、「真理」這個前提性結論性的大觀念的籠罩，因為——如今想來真忍俊不住……因為，當初主有神者，即以神為真理，繼之主真理者，即以真理為神。那幾個最驍悍的無神論翹楚，都虔信真理之存在。而像歌德他們的一代泛神論俊彥呢，更妙，神也有，真理也有，還加上個十足體現神和真理的「自然」。十九世紀的舞臺佈景還是上述的那麼好，所以名優輩出，興高采烈——我們是，來遲了，神，真理，自然，像拿破崙的灰大衣，蘇士比拍賣行標了價，買當然還是有人買的，但拿破崙呢。

主真理的時代，仍是有神論的時代。套用拿破崙的俏皮話：真理，是人人都同意的寓言。

三十一

九十九個人背了十字架，空手兀立一旁的便是耶穌。

寄白色平原

S. F.

二十日卓午收到《巴斯卡沉思錄》。你的美意是多重的，我的信念只一重，郵程再長，也會到達。

始自少年，我希望有這本書。如此的滄海桑田之後，在美國，由你饋贈，誠是奇緣。但我總歸是個儇賴的無神論者，一路時見皇皇大異端，於篳路藍縷之後華車麗服了，感恩皈依上帝。我不，我謝謝你，至少現在還不到謝謝上帝的時候。

兩年前，寫過一首〈再訪巴斯卡〉的詩，中有「法國的山中草寇／託人到巴黎／買了最好版本的／《巴斯卡沉思錄》／行劫之暇／讀幾頁／心中快樂」——你當然知道典出梅里美《高龍芭》。美國強盜搶過我三次，沒有這樣雅，這也是十九、二十兩個世紀的區別之一，總之，二十世紀，不行。

啟讀《巴斯卡沉思錄》更喟然自省，區區始終屬於希臘流而非希伯來流。基督教，那是因為《新約》本身是草草完成了的，沒有藝術餘地，更沒有哲學餘地（其「草草」其「完成」，就是沒留「餘地」的原因）。而阿波羅，而狄奧尼蘇斯，本來無所謂「完成」，亦並非「草草」，故尚有藝術的哲學的若干周旋可言，也不多，尼采過後，兩位大神理得心安，朦朧睡去——異哉，一流的智者亦有限，都只到「孩子」為止，尼采的三變，返獅還童，巴斯卡亦引耶穌的遺訓為己見而不遑注疏。那麼，設：

從希臘路、希伯來路，分別走過來兩個「孩子」，會相擁親吻嗎？我以為不，我以為可能是瞋目叱咤，一瞋目，一叱吒，雙方都立刻不是「孩子」了。尼采、巴斯卡，由於狂疾、夭折，都不及成為「孩子」。而且，我兀自忖量，誰也還是不會「孩子」的，世上人間，沒有「孩子」這回事。所幸我還不致無所措手足，驅使自己胡亂走走尚走得動，循的仍是最初登程的希臘路，已經是幽徑了。希伯來路並非陌生，是我不配。踽踽緩緩走，能不能走出個既非希臘又非希伯來的「孩子」來？從前我萬分好奇好勝於這個目標，盼望有一天用得上保爾·瓦萊里的那句「你閃耀著了麼／我旅途的終點」。近幾年，尤其近幾天，覺得「目標」呀「終點」呀，仍是世俗的功利的咎由自取。葉慈的詩又惱人，使我耳邊不時嗡嗡然，柏拉圖呻吟道：成了孩子又怎麼樣？

你在華埠東方書店發現陳列《巴斯卡沉思錄》的那塊攤位突然

矮了下去，查看，只剩一本。「有人在買這種書！」——使我回想起在上海時，四川中路，逛舊書店，瞥見一個十四五歲的女子，倚著木架專心地讀線裝書。時為「文革」以後，姑娘能對古籍有興趣，不由得使我偷闞那是本什麼阿物兒——《王船山文集》。記得當時我是有一種暈浪的感覺，理解、想像、判斷三種力都用不上，她是真讀還是假讀？便站定，隨手取本什麼，佯裝我也旁若無人，姑娘當然不知身邊有了偵探，她一頁閱完翻一頁，勿慢勿緊，可見是字字行行進行著的。上海是個海，滄海遺珠向來是有的，那是指老輩，所謂舊社會過來者。這位姑娘，即使是此類遺珠的苗裔，從識字起，正好遇上「文革」，十年中，誰教她讀古書。這還不怪，怪的是十四五歲的女孩，對這位以漢學為門戶，以宋五子為堂奧的王夫之發生求知欲。我進而斜睨，赫然《大學衍》，即是力闢陽明致良知之說以羽翼朱子的那本相當執拗的東西——我無法再求證什麼，悯然踱出書店，在虹口區市場買些日用品，吃點心，疲倦提示，可以回家了，又經過舊書店，隔著玻璃門，姑娘依然站在那個架下，也許換了《中庸衍》。反正我徹底自認笨伯，無論如何解說不清，一個在「文革」中長大的女孩，為何要讀《王船山》。但是我不致失控到憑這怪現象，便認為中國文化源流不斷後繼有人，一個十四五歲的姑娘耽閱「王夫之」，沒有說明什麼，《巴斯卡沉思錄》有了中文全譯本，沒有說明什麼，這種書在紐約唐人街有人買，賣得只剩一本，沒有說明什麼。愛默生所樂道所自慰的「底層的精神主流」，在西方，容或可信，在中國，並無這樣的集體潛意識。悲劇家慣於直視可喜的幻象，喜劇家習於斜膘可悲的迷障。而像我這種動輒糊塗到悲喜交集的人，注定什麼家也不會是的。何況年復一年，悲喜交集的機會少了。快沒了。因為我的書桌有兩個抽屜。

你說，孑然獨行，不勝寒，有個朋友，就不甚寒了，你說得好，真好。而我看看自己之所在還不高，委實很低，很低卻已甚寒，可見那些熱鬧著的是什麼東西。回憶我們的少年期，以為但丁、歌德總是沒有人敢惹他們的，惠特曼在本國乘車一定不必買車票，魯迅逝世，「文壇巨星隕落」，全壇泣血稽顙——後來才知道他們都是處於庸夫歹徒的圍困之中，在種種夾縫間辛苦求生。我既來美國，長久不讀書，偶爾看看報和雜誌。文學之為物，於我情同隔世，如此者一年半載，後為人慫恿，嘗試賣文，打油打諢，據說是「這個年輕人走上了詭譎的道路」。自從結識你，每次晤面，你拎一袋「兒童讀物」給我，我又開始重作讀書人，當然還是捲希臘土重來，便見蘇格拉底倒真是一味求死，柏拉圖偌大的明哲僅夠保身，總之西方東方都從來沒有過宜於文士哲人享福的好日子。而且發現自己業已不善閱覽了，例如每次翻動《新約》，使我注目的是「耶穌哭了」。這次開卷《巴斯卡沉思錄》，我滿足於「蒙田錯了」。其他便恍恍惚惚起來，認為「耶穌哭了」即宗教的全部，「蒙田錯了」即人文的全部，這樣，對於我，《四福音書》和《蒙田論文集》似乎是多餘的。

你勸勉我寫，寫出好的來。我是在寫，可奈就壞脾氣的特性而言，很像意大利的一個畫家，壁畫遲遲不動工，盡忙於製作烤肉機器，羊腸充氣的妖魔玩具。

你企望中國近代文學能出大宗師。我是從來沒有期待過。中國，中國的人，中國的文學，從我們這一代始，沒有宗師，原因簡明：沒有宗師可言。所謂一代宗師，必得有「一代」，我們沒有，沒有這樣數量上的「一代」。二三子也難找。即使是宗師性宗師型的材料，也至多是以畸人始以畸人終。如果，有朝一世紀，中國具備足夠出宗師的「一代」，那麼，光是這樣「一代」，沒有其「宗師」，也很不錯了。還早得很呢，還早得很吧。譬如說，那個站在上海四川中路舊書店僻角的姑娘，十四五歲讀《王船山文集》，現在大概也在讀《巴斯卡沉思錄》，她會不會成為一代宗師呢，我想不會的。我們至多看到怪現象，看不到奇蹟。此外，還看到各種輕易就範的理想主義，諾貝爾文學獎是頒給「理想主義」者之流的，要知道在當時，諾貝爾在世之日，「理想主義」這玩意兒是生猛亮麗得很的哩。未來的中國文學的一代大宗師，不外乎是中國式的理想主義者。不是「走著瞧」，我們是瞧不見的，走自然尚可各走各的路。

中華，中華文化，中華文化之精髓，天人合一。天人千萬不能合一，天人合一，完了。中華文化是這樣衰落的，誠如巴斯卡所言，所屢言，人是憑思想偉大起來……思想「非天」，人憑

「思想」去與「非思想」的對象較量。「天」「人」分立，這僅是「人」的事，「天」本來立著，「人」自己立起來就是。這幾乎等於冒昧簡言了整本《查拉圖斯特拉如是說》，那作者是希臘人，而巴斯卡，希伯來人。基督也是「天」，「在基督裡」，也是「天人合一」。但西方文化之強旺，強旺在基督教文化不斷有異端出現，天人始終合不攏。單就巴斯卡而論，他最寶貴的思想閃耀起來時，也全是異端之論，他謹慎，不發噪音，文筆清如水。清如水的文筆不發噪音的異端，基督教就放過了巴斯卡——我專揀這些注意，不僅視為這是巴斯卡的精髓之所在，而且是整個基督教文化的精髓之所在？基督教裡裡外外都有異端。對於我，是這樣，至少。

你還提到博罕斯，他也難說是拉丁美洲的一代宗師。使我又要想起「文化形態學」的老調，拉丁美洲以前沒有開過花，終於開了。這豈非等於說已經開過花的民族，就再也開不出什麼來了。這又豈非等於說，愈是已經開不出花來的民族愈以為能開花，從前不是開得很好麼。其實問問從前開的花是什麼，都已經不知道，不知道了。

我想念那本《朝霞》，猶記得有一節是把思想家比作漂鳥，本是各自奮飛的，偶然在中途島上休憩時遇見了，稍棲之後，又分別啟程，「前面還是海呵海呵海呵」。

M. X. 九月二十一日

晚來欲雪

一

劉勰，司空圖，他們的菜單比菜還好吃。當今的文論家做出來的菜，比菜單還難吃。

二

農夫有一條牛，一匹馬。

某日早晨，發覺牛被偷走了，因為牛棚的門沒有鎖。

耶穌說：

「你從今以後，要將馬廄的門上鎖。」

農夫說：

「人家偷牛，與馬有什麼相干？」

三

有時，也覺得人生真不如一行波特萊爾——那是我自己心情欠佳的緣故。
有時，又覺得沒有一行波特萊爾中我的意——那是我心情很壞的緣故。

四

「禮」，是中國人際關係學的精髓之所在。不幸孔丘對「禮」的闡揚和實踐，在目的論與方法論上整個兒錯。

五

道德，是自然生態中最脆弱的一種平衡，破壞了，就最難恢復。

希望出現希望。

六

初臨瑞士，牛奶和冰淇淋空前地好喝好吃，後來，只覺得牛奶是牛奶，冰淇淋是冰淇淋。問問最近剛到瑞士的人，答說牛奶和冰淇淋非常之好喝好吃。

愛情？

七

遺失了東西，好容易找回來，歡喜非常——人類在所謂進步進化中能得到的福祉，就是這些。歡天喜地，終於獲得的，是本不該失去的東西。

現在大家處於多重「遺失」的狀況中，「找回」的希望極微茫，因為極少人在追索，而那些東西又不會自己走回來。

或曰：遺失的究竟是什麼呢？

連遺失了什麼也不知道，那就等於沒有遺失什麼。

那就，處在「等於沒有遺失什麼」的狀況中——那就，這個「狀況」也將遺失。

八

普魯斯特（M. Proust）的文體，紀德（A. Gide）認為讀來如置身於極樂河中。伍爾考特（A. Woollcott）的感覺說是像躺在別人洗過的髒水中。

紀德的話，我認同。伍爾考特的話，我也認同。

九

詩人每擅散文，海涅，梵樂希，紀遊論述，動輒軒軒霞舉，逸姿天縱。易安居士〈金石錄後序〉，敘身世，抒悲憤，無韻離騷，天鵝絕唱，而後篇引「分香賣履」一典，大失當，彼賢伉儷，何姬妾之有？

十

悲傷有多種，能加以抑制的悲傷，未必稱得上悲傷。

十一

如能將「理智」迸發得宛如「熱情」那樣魅人灼人，就分不清是思想家是藝術家了——曾在德國見過兩次（不止兩次）。

十二

梭羅啊，有便請來玩玩，我住的是五英里外才有鄰居的小木屋哪。

十三

臨風回憶往事，像是協奏曲，命運是指揮，世界是樂隊，自己是獨奏者，聽眾自始至終就此一個。

十四

忽然喊道：哈雷路亞，我終於又遭人嫉妒了。

十五

自來鄙視愛情至上主義者之流，正是這種人辱沒了愛情——奧古斯汀的《懺悔錄》，明明是愛情至上主義者的癡迷傷感，用在神的身上了。

這並不使我詫異。詫異的是別人讀此書時難道無所覺察。

十六

愛情，亦三種境界耳。少年出乎好奇，青年在於審美，中年歸向求知。老之將至，義無反顧。倘若俗緣未盡，宜作愛情之形上研究，如古希臘然。

十七

寫不出情詩是日日相伴夜夜共眠的緣故——文學家與世界切忌

如此而每每如此。

十八

偉大的藝術家，並非後來偉大起來，是一啟始就偉大——尚無作品的偉大藝術家，具備作品的偉大藝術家，區別僅在於先不為世知，嗣為世盡知。

「我，但丁，美名遠揚，永為世人景仰。」

這聲音，一二八〇年就響起在亞利基利的心裡，到一三一五年迫使他吐露出來。一三二一年詩人卒——現在是一九八六年。

十九

「讀者選擇作者」、「作者選擇讀者」，兩個命題並存。看來是「讀者」在選擇「作者」，其實是「讀者」被「作者」選擇著的。

二十

……狄更斯的，有托爾斯泰讀。托爾斯泰的，有福樓拜讀。福樓拜的，有紀德讀……

有一個這樣的讀者，可以滿足，滿滿足足。

二十一

一件藝術品的初稿，往往是個錯誤，往往是個恥辱……就是它，最後成為傑作——為何必得以錯誤、恥辱始？為何藝術家自己會覺察它是錯誤、認清它是恥辱？為何二稿、三稿、四稿……相繼迭出的錯誤、恥辱都被勘正滌淨？

藝術家的神奇能耐就在於此。

（不成其為藝術家者的宿命亦在於此。）

二十二

許多事，如果是杜撰的，就立刻索然無味。

愈精煉其思維其官能，便愈嫌棄「虛幻」而悅取「真實」。人，不足謚為蘆葦哩。人是薜蘿，憑其細小的灰色吸盤，暗附著「真實」。儘管那「真實」含有虛幻性，總比含有真實性的「虛幻」好。好什麼？好在尚可暫棲於該範疇中，應用並消耗思維、官能、遺度屬此一己的「時」「空」，即所謂「生命」（生命必得假藉肉體，榮耀的卑汙的肉體，思維和官能之所在）。

二十三

政治路、宗教路、哲學路、藝術路……我目睹不斷有人出於強烈的上進心而筆直地向下坡走去……

二十四

歐陽修誠實，「書有未曾經我讀，事無不可對人言。」他是這樣。論上句，大家都這樣。下句，自然是指概念，概念上的品性品格，具有「事無不可對人言」的高尚純潔。若說在行為上，歐陽修也做不到，做不全。隱私之必要，韜略之必要，古今同情同理。

書多未曾經我讀，事少可以對人言。

二十五

南宋詞人的頹廢，認認真真精精緻緻的頹廢，確有許多愁，雙溪的舴艋舟載不動。更南的南渡之後，飽食以群居，癡騃而儇薄，揑造出許多愁來推銷。那許多愁呀，加在一起也裝不滿舴艋舟。

二十六

如果我也膽敢揭持藝術進化論，有臉面說現代藝術超越古代藝術、福克納打敗福樓拜——那是多麼好，多麼闊氣。

二十七

哈爾濱，星期日，上午，鐘聲大鳴，男女老少一個方向走。問：

「上哪兒啊？」

答：

「喇嘛臺。」

再問另一些人。答：

「上喇嘛臺哪。」

眼看各路來的男女老少走進宏偉的教堂，大概是東正教，因為哈爾濱多的是白俄羅斯亡命者，教堂是他們起造的，洋蔥頭屋頂。

信徒們都很虔敬的樣子，其中必有十分虔敬的，一輩子了，幾代了。

幾代都一輩子虔敬地在天主教堂中做禮拜，以為信的是佛、菩薩、喇嘛。

二十八

古早的藝術家，每以「天才」、「謫仙」相稱，因為彼此底子厚，功力深，抱負大，目光如炬，一見稟賦卓越者，便慨然高度美譽之，顧盼樂甚。

當今的藝術家倒並非特別冷靜理智，也非格外謹慎謙遜，而是底子薄，功力淺，談不上抱負（至多是野心），目光如豆，無能辨識稟賦的高下。時時處處計算著：稱別人為「天才」、「謫仙」，那麼自己呢？假如那被自己稱為「天才」、「謫仙」的人，不以「天才」、「謫仙」回敬，豈非大蝕老本。

古人狂放而憨厚，古時候連凡夫俗子都明白：唯有「天才」、「謫仙」，方能發現別的「天才」、「謫仙」。

然而當今的寂寞，倒又並非由於上述的精明者所造成，而確鑿是「天才」、「謫仙」之流長長久久沒有降生了，所以不能埋怨那些特別精明者之流。試想：在沒有「天才」、「謫仙」的世紀裡，大家互稱起「天才」、「謫仙」來，那就更不像話哩。

當今的寂寞是活該的。活該寂寞。

二十九

面對陌生的藝術品，在認知領略之前，自處於呆愣的狀態中，如蜻蜓迅翼振翼，藉以定在空中——這樣的大抵是智者。其他的人一點呆愣也沒有，其他的人對藝術品（以及別的事、人、物）反應都極其機敏：不理解即誤解——這樣，彼所理解的少之尤少，所誤解的多之又多。這樣，就不是智者輕視愚者而是愚者輕視智者了。

三十

欣慰奚如，眼看《傳燈錄續編》正在紛紛纂製中。之外，湧動的現象大致三類許：

一、票禪——猶梨園韻事之客串，分外雅，雅到發俗。

二、剽禪——竊劫前人牙慧，大言、不慚、大言愈大。

三、嫖禪——狎弄典故，僭立公案，眾既嘩兮，寵乃取焉。

正在海內外湧動著的現象們，索性大湧大動一番，倒也值得歸而納之，寫它一部《滅燈錄》，縷紀各宗熄法，然後，如是我聞，禪已被活活弄死了。

三十一

甲講了一段話
乙說：對。
乙講了一段話
甲說：對。
「對話錄」原來是這樣架構的，「對」也有，「話」也有。

三十二

苦行和祈禱，無能贖回「童貞」，唯藉韜略，佈陣役，出奇策，明明滅滅地巧戰惡鬥，以求保定生命，然後（假如是文學家）一個字一個字地救出自己。

那終於贖回來的，已非天然的童貞，天然的童貞是碳素，贖回來的童貞是鑽晶。

三十三

唯中年的無知者可怕。年幼無知，很可愛，來日方長，說不定將是個哲師聖雄。年老無知，也可喜，終究快要結束其如假包換的真的廢話了。

三十四

有的作家把五臟六腑提在手上的，如果將這五的六的往稿紙上一擺，便是文章，氣味陣陣散開，讀者圍了攏來——因為真是這樣子的，只好這樣子記述，不需再加形容描寫。

三十五

凡是認定一物或一事，賦之，詠之，銘之，諷之，頌之，便逐漸自愚，卒致愚不可及。中國文學每多此類荒唐行徑。

三十六

神話有時很不公道，斯芬克士好容易構想了一個謎，給路過的人猜，後來好容易被猜著了，理應很開心，引俄狄浦斯為知己，一對好謎友。但神話卻規定：謎一破，製謎者就死掉。論家認為自有深刻的象徵意義。我想想覺得也沒什麼好想的。很乏味。另外，更乏味的是文學上的斯芬克士，那文學上的俄狄浦斯剛到跟前，謎還沒有聽清楚，謎底倒清清楚楚聆到了。而且那文學上的斯芬克士還認為這是一樁漂亮的公案。

（「公案」之謂，宜旁人提，後世提，如今當事者出面做廣告，成了「速食禪」了。）

三十七

讀希臘的詭辯家、訴訟演說家的遺文，只覺得聲調鏗鏘，氣宇軒昂……表陳的究竟是什麼，那就不甚了了，清楚的是古時候雅典人身體很健好，古時候愛琴海天氣很晴朗，海很藍，天海間披白袍的男人走來走去，高聲講話：

「雅典人哪……」開頭總是這樣的。

對於古希臘的散文，我安於「不甚了了」的狀態，以求欣賞他們的風氣、風度、風情、風範，這樣，我很逸樂，就像也披了白袍，在天海間走來走去：

「雅典人哪。」

三十八

先前的藝術是水果鮮果，後來的藝術是果醬果凍。

三十九

每種景象，都使我支付一脈心情去與之適應，即是在外出購物的短短途中，因此也時而歡悅時而哀愁，其實都不是自己的歡悅哀愁，我單個人哪會有這許多歡悅哀愁呢。

聊以卒歲

一

「聽著您的琴聲，我總感到是在與您促膝談心，甚至，似乎是跟一個比您本人更好的人在……」侯爵優雅地將雙手按在胸前。

德・居斯泰因侯爵，留名於《蕭邦傳》。

二

兩者都不好受，兩者相較，托瑪斯・阿奎那比奧古斯丁好受些；阿奎那還知用直線，奧古斯丁全部曲線，極盡傷感之能事（對奧古斯丁並不詫異，詫異的是別人怎會受得了奧古斯丁，而且讚美有加）。

三

古人作寓言，匠心既成，戛然而止。今人用小說、長篇小說作寓言，實在拖沓乏味，一則寓言能包涵多少，幾萬字烘托，太勞累了。

卡夫卡的《城堡》等等，命意都極好。然而難怪他臨終囑咐至友將遺作全部付之一炬。

四

托爾斯泰平生最喜歡那種不含惡意的愚蠢，然後，他自己作了很多不含惡意的愚蠢的事，讓我們喜歡。

（托爾斯泰身邊的人，曾把惡意含進了他的不含惡意的愚蠢裡，這是我們在喜歡中可以揀出來扔掉的。如果不會揀，揀不出來，那是因為本身的愚蠢已為惡意充滿，不必也不該接近托爾斯泰。）

五

志趣高尚才具卓越的人，由於照料周圍的庸碌之輩，而施施然自己沒落了。

誰表同情，誰也就施施然……

六

原來是這樣，不過是這樣——把自己的事當作別人的，把別人的事當作自己的。

長期長期旌表著這種混淆，大抵還要旌表下去，大抵已經碰壁了，大抵碰壁之後有人要把自己的事由自己來做，大抵又不讓別人做別人的事，大抵在不讓別人做別人的事的狀況下自己也做不成自己的事。

七

只只鐘表都拆開來看，卻不知現在是幾點幾分。

（這樣，已可以，然而讀者的範圍縮得太小，姑且改寫如後：）

古國人哪，只只鐘表都拆開來看，看廠名，看製造年份，看各部件，看機芯結構，看新舊成色……

問「現在是什麼時候啦」，甲說「不知道」，乙說「誰知道呢」，丙說「要是知道就好了」。

（這樣，已可以，然而……那麼，只好……）

古國的學者哲士評論家以及學者哲士評論家之流，以及之流的客廳裡螃蟹般坐在沙發上的客人們哪。

八

如果人物分三流。

二流與三流值，但聞二流之聲。

二流三流與一流值，但聞二流三流之聲。

一流之聲一流聞，三流二流是聞不到的。所以三流二流始終認為除了他們，實在沒有別的。所以三流認為至少他是二流。所以二流認為他是一流無疑。

這樣：一流闕如。三流因為自以為是二流就不成其為三流了。二流因為自以為是一流就不成其為二流了——這樣，一流二流三流都沒有，只有四流，四流本來是沒有的，是二流、三流滑下去滑成的。

只有四流時，不成流了。

九

也許志不在大而也許在高，文學家。

志大，就要去載道，那很好，既載之則多多載之——文學沉了。

文學的載量有限，除了道，別的東西，文學也載不動多少。

（道又何必靠文學去載，是呀，道可以自己來，文學算什麼。是呀，要靠文學載，還算什麼道呢。）

也許文學家志高，高，所見者大，所言者或小而所指者不小。

也許志高的文學家先就看出文學本身大約好載多少東西，繼之看出他自己的文學可能載多少東西，繼之又看出自己要載的究竟是什麼東西——這樣之後，也許文學就不沉，暫時還載得動，暫幾何時，十年百年千年不等。有的文學什麼也不載，可以飄浮一番，飄浮而已。

怎樣的志稱得上高？（也許志高的文學家是不這樣問的）

那麼志又怎樣高起來高起來？（也許大抵生而高之，小抵看了大抵的樣，高起來了。）

十

亟欲達到精緻而弄成了粗陋的東西最難看。

十一

作為第一流天才的子女是不幸的，智慧、精神已為乃父占盡，他又極自私，他的人或不自私，他的天才勢必自私。

（作為沒有天才而崇拜天才的人的子女最幸福，乃父寄厚望焉，子女享受到天才的待遇。後來固然什麼事也沒有發生，而其子女有一點特徵與天才的特徵相同：驕狂，非常瞧不起那個「乃父」。）

十二

有一類作家是寫給「未來」看的（這些作品給過去的某幾個朝

代的某幾個人看，也很合適，因為他們也是「寫給未來看」的一類），而與這類作家生於同代的人看了這些作品，罵了，罵法有二：「這種東西根本不是文學」，「這種東西早就過時」。

而同代的另一些人（極極少），能知這些作品是寫給未來讀者的，僥倖提前讀到，默默地分外高興，分外高興，以致默默了。所以這類作家始終只有機會聽到罵聲，沒有機會聽到讚聲——幸虧這樣，他若聽到讚聲，會悚然停筆，懷疑自己寫不到未來中去。

但這類作家並不愛聽同代人的咒詛，因為他自來不存為他們而寫的心，猶如他沒有送禮物，人家怪他的禮物不好。

十三

窮得難受了，以及富得比窮還要難受了，就發生複雜的齟齬劇情，所以古國的人總是糾纏不清，永無寧日——非窮即富非富即窮，因為一比較，不是顯得窮了便是顯得富了。古國的人天然地好比，從早比到晚，從小比到老，臨死，猶比，死後，還可以比——所以富的是濁富，窮的是溷窮，所以有那麼許多出不完的沒出息。

十四

一項以十多個工業國的國民為調查對象的研究，顯示：

丹麥人、瑞典人、瑞士人、挪威人，最滿意自己的生活。覺得自己最不快樂的是希臘人、日本人、意大利人、西班牙人。美國人居中，較英國人好些。

中國尚非工業國，沒列入——中國人有一半最滿意自己的生活而最不快樂，還有一半是最不滿意自己的生活而最快樂（妻子是前一半中人則丈夫是後一半中人，丈夫是前一半中人則妻子是後一半中人——你說呢。）

十五

當人們熱中於排列「十大思想家」、「十大文學家」的時候，豈非在反證那十個思想家、十個文學家，少有裨益於世界，否則世界何致熱中於排列此種敗人意興的花名冊。

這又豈非在反證，既然思想呀文學呀沒有多大好作用，那麼稱之為「大思想家」、「大文學家」也是不得當的，枉然的。

上述兩則「反證」都欠正允。

大思想家何止十個，大文學家何止十個，無從分名次，沒有最大可言。他們知世界，世界不知他們。何以見得，有以見得的：凡是熱中於折騰「十大思想家」、「十大文學家」的人，都出於不明思想家的思想、文學家的文學之緣故——除此緣故，倘若非要找出別的緣故來，那就愈發不體面了。

同時令人想起那則「二桃殺三士」的中國典故來，幸虧那些思想家文學家都已作古了的。

十六

修身——好玩。齊家——不好玩。治國——好玩。平天下——不好玩。因為，因為修身可能。齊家不可能。治國可能。平天下不可能。比起來，治國最好玩，堪惜很少大玩家。

十七

頗多文學家是頗想玩治國的，沒有機會，本身注定了是文學家呀。平時羞澀於夫子自道，又還是吞吞吐吐坦呈無遺，曹植，曹雪芹，但丁，歌德，都這樣，然而文學家始終沒有機會暢快地玩過治國，究竟能否勝任，無從評斷。

用文學來治國，每次實現在書本上，高尚其事——後來只剩高尚，沒有其事，後來硬要其事，就不高尚了。

十八

「害怕自己不夠真誠。」

安德烈竟會這樣想。

「一個人開始寫作時，最難的就是求得真誠。」

安德烈・紀德怎會有這樣的念頭。接著又說：

「應該把這個想法注入腦府，並為藝術的真誠下一定義。」

——這像是羅曼羅蘭的聲音了。

「詞句絕不可先於想法。」

詞句與想法互為先後，想法帶出詞句，是語言。文學之勝於語言，正在乎最珍貴的想法，往往是被詞句帶出來的。

「好幾個月來我備受折磨，害怕自己不夠真誠，所以無從落筆。倘能完完全全真誠……」

葡萄含有水份，不必要求葡萄滴水滴個不停（葡萄以嫩瓤薄皮把水份含起來，甘味、酸素、芳香與水份合為果汁，果汁也僅是構成葡萄的一個要素）。如果比喻到此而不止，那麼葡萄釀成酒，比喻再起：酒含水份，水份不等於酒。藝術是真誠的，真誠不即是藝術。

使紀德如此惶惑的「真誠」，已經不是真誠了。

（他在一八九一年十二月三十一日，關於「真誠」，作這樣的自訴自譴。其時他二十二歲，後面有六十年的歷程來思考「真誠」——卒未安頓好嗎？）

「真誠」，無所謂多無所謂少，無所謂足無所謂乏。除非沒有真誠，才會茫然於真誠。

我尚未讀竟紀德日記的全部。

十九

聽說，世界大戰前的德國青年學生人手一冊《查拉圖斯特拉》，戰後呢，人手一冊的是《道德經》——未免言過其實吧。只當它言沒有過其實。設想：大戰前有個漢斯，看到別人都在讀「尼采」，覺得，還是來攻「李耳」的好。大戰後，有個威廉，發現四周都是「李耳」，他想，豈非是瞻賞「尼采」的時候到了——這樣的青年總是有的，中國也有，何況德國、法國、英國、美國，何況除了李耳、尼采還有很多書可讀，何況不一定要大戰之前、大戰之後。

二十

從前的人們，對「潛意識」無所知，後來略有所知而不予承認它的可能涵量，這也沒有什麼好怨的。畢竟大家都不明白，當初對人體的血液循環、呼吸、消化系統全是糊里糊塗的，怨誰呢，不是也活過來了麼。

「潛意識」的理論很快成為學說。其實一千四百年前就已開始有人探索，可惜限於東方，限於佛經，那名為「阿賴耶識」的一番精究，沒有衍展為世界性的學說，而且就在這樣的局限中自生自滅了（東方智慧的命運總是如此），東方人呆等到十九世紀「潛意識」理論從西方傳來，先是大驚小怪，而後在半推半就中普遍認知（東方人不斷扮演這種角色）。

偷食禁果，只是好奇，亞當、夏娃在不辨善惡的狀況下，接受蛇的慫恿，何辜之有——直到紀德、摩里亞克、葛林……在文學作品中寫「無意識行為」，流露出一種幸災樂禍的、巴不得如此的亢奮，此類舛戾的心態，才突然使我覺察「人」有「原罪」（非指無意識行為，是指亢奮的舛戾心態）。

「理性地」探索潛意識，乏力而乏味，我轉向「意識」和「潛意識」交界處的劇情。也許文學的一半前途即在於斯。

詩和夢，正相反——梵樂希然之，余亦然之。

只有機智透頂的人才可望重顯憨厚。

二十一

奈何不得的是，明明被托爾斯泰偉大了一番去了。

二十二

法國詩人韓波、俄國詩人馬雅可夫斯基，面容很像，像極了。

韓波的相片攝於一八六九年。

馬雅可夫斯基的相片攝於一九〇九年。

智利詩人聶魯達把這兩張相片掛在一面牆上，酷肖的程度，認為有某種神祕天諭。

我認為：偶然，純屬巧合——偶然的巧合的以上的意義，絕不是聶魯達能說得明的。

（聶魯達果然說了，說一大篇，果然愈說愈糊塗。因為聶魯達的臉不像韓波，不像馬雅可夫斯基。）

二十三

於是，各有各的愛
塞尚愛蘋果
托爾斯泰愛農民
我愛托爾斯泰和塞尚
（有時也呆看農民吃蘋果）

二十四

說得好，那真是說得極好，記不起是誰了，說：
韓波是亞當

馬拉美是夏娃
蘋果呢，塞尚
（那麼，說這話……蛇）

普林斯頓的夏天

因為今晚是個夏夜所以那時候也是個夏夜，
將被議論的人曾經住在濃蔭中的屋子裡於是仍然從濃蔭中的屋子
伊始。
慣說這裡秋天怎樣冬天春天怎樣而夏天草木更其綠得好像要發生
一件什麼事。
學生度假去了教授出來走走滯緩的步履在曼哈頓大道上是不諧的
衰象在常春藤學府的小路上是知識沉澱的重量。

夏天的普林斯頓除了一棟棟樓一棵棵樹依舊是一口不必再敲的鐘
一個坐著讀金屬新聞紙的金屬人還有一條凡是大學城就天然會出
現的街，
物品從來沒有便宜過所以就不致覺得昂貴難以接受。
沿街櫥窗商品陳列稀朗無致蒙著淡淡的塵粉玻璃翳一層如果沒有
也並不就好的人與物的私淑疏離，
那是指粗呢男上裝單件的春秋咸宜的男上裝向來配之法蘭絨褲或
燈芯絨卡其等褲也是可以的，
算是畫間便服上課穿旅行穿大學生最為適齡基本色調是灰然後青
灰栗灰紫灰，
然後青灰為主則夾入栗灰紫灰而栗灰為主就使青灰紫灰夾入，
紫灰亦可為主那麼栗灰青灰輔之然後或斜紋或直楞或十字織或人
字織有什麼可笑的？

可笑的是父親舅舅父親的舅舅和舅舅的父親如果他們大學時代的上裝還保存在箱櫃裡它們就是這樣的配色這樣的織法。

還有可笑的 1 此類配色和交織何以代代流行人人引為新穎時髦 2 比較每時期每年度的配色法交織法乍看頗相近似細辨很不盡然 3 距今愈近愈見配色交織的機巧恣肆 4 裁剪款式縫工的變化改革是在冥潛中進行的因而從不見決裂性的轉向。

遠眺的縱觀是諸款式周而復始卻又不會世襲原樣各自增添點減少點誇耀點含蓄點不停不倦幻演著，

其中也有明明劣敗的款式竟會流行一時直到流行過了才看出誕謾來當然已是前塵舊夢了。

普林斯頓小街的櫥窗中的粗呢男上裝雖則四十年前六十年前也是青灰栗灰紫灰也是十字織人字織外貼袋一線袋狹領子闊領子單開

叉雙開叉兩粒紐三粒紐緊窄窄寬鬆鬆，
雖則都脫離不了去之又來僵而復甦的款式總譜但亦無疑愈變愈伶俐乖覺愈容易快快過時因而愈不求耐穿以示了悟時裝莫須傳代那是普遍明智，
毋庸諱言確是比父親舅舅父親的舅舅和舅舅的父親的霉了蛀了樟腦味刺鼻的紀念品要舒服得多漂亮得多了，
就只愛因斯坦不修邊幅是因為早晨沒有名望穿得漂亮也無人注意中午聲譽既大穿得不漂亮也萬方矚目傍晚卻有種種軼事在背地裡飄搖起來，
說什麼層次過於繁複的芸芸眾生只能聽聽俏皮話那些實心話就成不了金字箴言至少箴言者無非是實心的話俏皮地說才會昔在今在永在。
所以每天都是聖誕節每天都是愚人節或者上午過完愚人節下午聖

誕節開始了，
節日中議論不停的是物理學家和其他學家一樣如果後來未能蛻升
為某個不必藉藝術品而可作藝術家論的人那就怎能膺許為本世紀
最難忘懷的智者中的尤物呢。
普林斯頓附近的松鼠野兔浣熊韓國泡菜日本壽司不能算有學問而
是樓的投影樹的佈葉都很有學問的樣子，
觀賞初啟面對很有學問的樣子便認定很有學問常常要從誤會中吃
驚而醒，
倘若已臨觀賞的後期大致不再會錯例如愛因斯坦的髮和臉和煙斗
和羊毛衫都很有學問的樣子，
學問的樣子徐徐凝聚為道德的樣子徐徐酥化為慵困的樣子他老了
寧肯反諷他為猶太迂聖，
物理不復在懷他日益縮小縮成一句話被好事家請了工匠來把這句

話銘刻在演講廳的壁爐上方逗得見者無不動衷全勿知凡是被雙手捧去銘刻在永久性的物體上的箴言都只是某一個人的某一句脫口而出的話，

那壁爐上方銘刻的「真理並非不可能」已與宗教哲學物理音樂全都毫無早出晚歸的初極終極關懷，

一句脫口而出的話到了被精精緻緻雕鑿起來當然成了高密度結晶彌撒。

做罷彌撒步出演講廳游目於樓的外觀那故作原石糙狀的牆面也是青灰栗灰紫灰的悅目混合，

服裝商和建築師竟會在體現知識的表象上手法不謀而合豈非同時承認知識早已不可能黑白不可能三原色而早已淪為一次混合二次混合……

去年夏天在林蔭小屋中用過的筆記本今年翻到了那麼一行──法

國人大體上都知道自己說的話是什麼意思——沒有加引號沒有注明出處而自忖去年不可能有過這樣輕率大度的結論性的推理。今年姑且同意並擘分其要點1法國人2自己說的話的意思，再把第1要點轉至瓊斯樓即把法國人改為猶太人然後接以第2要點那便是猶太人是否大體上都知道自己說的話是什麼意思，再轉而向外擴散為法國人猶太人中國人是否大體上都知道別人說的話是什麼意思，

猶太人愛因斯坦讚美起法國人羅曼羅蘭來的時候有個中國人就只好悄然引身躲到走廊一角去抽菸。

並不就是瓊斯樓的走廊普林斯頓許多建築唯有那則短短的過道略具中古經院的餘馨，

過道入口的上部有個半圓的立面乃以褐石製作浮雕人像高肉浮雕，

浮雕的頭頂皚皚的白色是新積的或融殘的雪普林斯頓夏季竟見此
處有雪俄而明瞭這是宿垢的鴿糞，
雪與糞恒分於兩個概念範疇無奈錯覺仍然隸屬於感覺。
那句銘刻在演講廳壁爐上方的箴言之所以引人動衷的起因是否僅
僅出之隸屬於感覺系統的錯覺？
偶爾經過這座壁爐前或特意站在這座壁爐前的人神態肅穆凝眸箴
銘，
動衷者並不動衷而佯作動衷者小有動衷裝出大動其衷者有誰知曉
「真理並非不可能」是第二句，
第一句不見了除非出現在別的壁爐的上方那是別人的未必又是猶
太族者說的，
宿命是誰也不肯說這句話因為它太愚蠢太殘忍說出來也不會成為
箴銘，

任何演講廳的壁爐都拒絕在它上方刻一句愚蠢殘忍的話，
這樣懷著一句剛剛噓回吞沒的話施施步出演講廳浴入陽光熏風中
悠悠芳草如茵那就行近校長的住樓校長後來並不住在裡面

校長不知愛因斯坦教授的遺訓本來是兩句被噓回吞沒了前一句，
倘若掉過來說那麼壁爐上方的是第一句下面還有第二句不見了。
如茵的芳草徇著石階伸向小小的花園不會有愚蠢殘忍的東西僻匿
在這個以「遠景」為名的普洛斯佩小花園中，
小得也有作為中心的噴泉作為圖案的畦圃於是也有環形然後分支
的蜿蜒幽徑，
特定夏季綻放的草本花儔裡夾雜著原係春事竟猶未了的姹紫嫣
紅，
這還不是神異的原因神異的是應由四面群植的綠樹來營造矞象，

園子小小周圍直聳的樹就表示很高陽光要從樹的頂梢射下來散在草上花上噴泉上這樣整個園子就很曄亮，周緣森森的林藪巨屏似的擋著就很像外面沒有陽光外面什麼也沒有外面很暗很荒漠唯獨花園很實在很清晰很葳蕤，小孩和媽咪爹地在畦圃幽徑間移動為主的仍是叢叢簇簇穗穗不及分別名稱的草本花，花的第一性是色是因為別的物類的顏彩比不上它才叫作花。此時的普洛斯佩小園就像反而夏季是花的盛期春天的草和樹又何能如夏季的卉木蒼翠得發烏發暈，這仍是指環植的高矗的樹所以陽光故意銀亮地集射下來也不致耀目，園子處於窪地接連的石階級數雖不多已經明顯是畝窪地，因為石階的最初橫開去有一座方方的敞軒從園中回望便需稍作仰

視，
三面透底的玻璃牆內的人的腳似乎都看見幾許男士楚楚然端坐在
長桌邊桌布就潔白極了，
隱隱綽綽飲酒交談狀如靜待什麼出現於是真的出現披紗曳裙的女
子從長桌的一端沿邊緊步到另一端，
那樣應是婚禮至少是婚禮後的慶宴隔著玻璃更不聞聲息只知是和
演講廳壁爐上方的箴銘同樣的並非不可能結婚並非不可能，
同樣前面還有一句或者後面還有一句是很愚蠢的很殘忍的，
新娘不曾對新郎吐露新郎未嘗對新娘傾言猶太人都這樣法國人都
這樣中國人都這樣大體上都知道自己不說的話是什麼意思。
愚蠢的殘忍的話被修長的蒼翠的樹屏擋在外面盡由普洛斯佩小園
皈依並詮釋壁爐上方的箴銘而壁爐上方的箴銘皈依並詮釋普洛斯
佩小園，

至此陽光便異常銀亮而毫不刺眼地從樹尖灑下來甘願殉為和聲，猶太旋律說「並非不可能」陽光率領花卉噴泉孩子媽咪爹地新娘新郎齊齊伴奏並非並非並非不可能結婚並非不可能真理並非不可能統一場論並非不可能夏天的夜晚四顧無人偷偷地擦根火柴並非不可能。

另一句以德文刻在瓊思樓中的猶太旋律宜於做演講廳內的箴銘的注腳「上帝是狡黠的但它並無惡意」。

試將阿奎那的書和奧古斯丁的書疊置於天平儀的一端另一端用薄紙寫上這個猶太旋律，單憑「狡黠」「惡意」兩詞的份量就重得猛地壓下來而一動不動了。

兩詞中僅其一採用否定式即使兩者都直接取否定意義也還是開脫

不了是睒霎眼睛的暗中傳遞消息的那種嫌疑，
如若逕自套用為猶太聖人是狡黠的但他並無惡意也仍是止於陳述
而不足臻入辯難，
徒然使諸狡黠者援上帝為同調剩下的區別只在於其餘的狡黠者無
不含有惡意一心揣摩怎樣才能使上帝覺察不出彼的惡意而反誤以
為是善意，
否則也沒有教皇教宗暴君昏君荒淫酷歃血流成河這些忙壞了史官
的壯麗場景哪，
即使區區如黑格爾邏輯學中的那個賣雞蛋的婦人也自以為足夠有
法子使上帝歡歡喜喜地買去她的臭雞蛋。
要是換言上帝毫不狡黠絕對勿含惡意這又豈非成了一項虛怯而激
楚的辯護詞，
只有對簿指控時才出而辯護然則有誰指控上帝狡黠成性動輒含有

惡意了呢，
並無指控卻驀然設計起辯護詞來這會招致假想敵按住此句德文箴
銘加重語氣一直往下推卒至判斷為何止是狡黠何止是含有惡意。
好了吧所以期而然不期然而亦然每天都是聖誕節每天都是愚人節
了吧。

介乎聖誕節與愚人節之間的是幾句忘其所以的閃閃雋語，
待到發覺那類命世而永傳的箴言原來都是即興的俏皮話的某個夏
天的普林斯頓夜晚，
便可以莞然領認一番又一番宗教的哲學的物理的猜謎方法總歸無
能無益無緒無志趣，
這才各自狡黠地各自不含惡意地把短短的一兩個句子習練得分外
典雅有彈性使得語氣勝於詞意。

明知進而攫取不到方法就退而暗中維持態度古早的智者賢者已熟悉於這般消遣聖誕節與愚人節交替之際的幾許祥和瞬間，一朝朝一代代的著名箴言只是雋語只是即興的脫口而出的非復宗教非復哲學非復物理倫理論理的忘其所的純以語氣見勝的俏皮話，

這時普林斯頓夏色猶未闌珊白晝蟬嘶入夜蚊蚋營營愛因斯坦點燃煙斗要用那種木梗較長也較粗的火柴從壁爐架上伸手即可取得，最近一週以來花粉熱又使鼻塞噴嚏擱置了煙斗火柴也就無用，普林斯頓的夏夜明月當空林藪中的房屋濃黑沉沉火柴劃亮又被劃火柴者吹熄。

紙片七頁燒三頁留四頁或燒六頁留一頁都是非常狡黠的，不說德行的支配力理性的控制機能還未足阻攔逞凶造孽的悍烈衝動，

自然的永劫雖亦非遠而人為的永劫可以用這七頁紙上的公式符號
促成於一旦一剎那小花園孩童父母親新婚伉儷眾嘉賓街店櫥窗中
的粗呢上裝都忽然不見，
七頁紙姑且燒掉應美國總統之請而寫給五千年後的「人」的信姑
且保存在地下統一場原理還會被另一個猶太人或其他人發現但願
遲些遲些以待德行和理性豐滿成熟，
至少那個後來的發現者自身的德行和理性也足以制衡自身的智能
在必要時再劃一根火柴。
他怎敢請求把七頁紙片密封進入銀行保險櫃用法律約定多少年多
少世紀後微笑公開，
任何權力集團的特寵間諜都將奉命竊取有史有神話有傳奇以來的
最大的靈符祕籙，
每個秉性狡黠飽含惡意的國王當夜誓師拚死力奪這支萬能寶劍這

把無門不開的金鑰匙。

紙片捏皺拋入壁爐長梗的火柴嗤然作聲一個紙團先點著很快延及六個幾乎同時竄起小火焰而同時低落為灰燼，這過程比毀滅一個星球要慢得多但不像冬季的松木旺燃的壁爐近景那樣歌劇開幕似的好看。

童話中的精靈仙子每當夏夜月升輕搧透明的翅膀飛來飛去漫遊巡禮窺見這個猶太人老得夏天也要生火爐呢因為精靈仙子都是非常好奇喜歡隨時發問祂們從來沒有見過夏天的壁爐中的火光而火光閃亮在普林斯頓夏天的壁爐也並非不可能。

下輯

路工

良儷

可能是一對夫妻，進車後瞥見橫座有個空位，女的坐下，男的站在旁邊，俄頃又將到站，直座上的老婦欠身欲起，女的仰面示意，男的也用目光說「別這樣」，老婦看清站名，又安坐不動。

車停，老婦提包移步向車門，女的觸手示意男的，男的緩緩地牽強地坐下，向女的做了個嚴厲的表情，女的以含疚的微笑來承受男的這個表情。

外州人，紐約人哪會有這份古風，而且這時已足證實他倆是夫妻，其妻不錯，其夫尤佳。

口哨

高大敦實的中年男子，向對面路邊的汽車揮手叫喚，這樣寬的路，他的朋友坐在車內一無感應。

他將手指塞入口中，注意到我停步看著——他吹，聲低不成尖哨，急切調整手指和口唇，吸氣用力吹，仍然無濟，轉過身來對著我說：

「我很抱歉！」

我笑著道謝，啟步往前，心靈有時像杯奶，小事件恰似塊方糖，投下就融開了，一路甜甜地踅回來。

嘩笑

陽春三月，上午，曼哈頓第七大道，亞細亞古董店，五級臺階，下三級排坐著二十來個年輕男子，我匆匆而過，只看見他們髮上肩上的明媚日光，不防他們別有用心，後於我的一個路人中計了。

「嘩……」

這群大男孩笑著，搖著上半身，宛如風岸的蘆葦。

人行道上有一只小小的黑皮夾，幾張鈔票稍露其角——過路者可分類為：

一、像我那樣，沒看見。

二、用鞋尖撥了撥，走過了。

三、彎腰伸手去撿——「嘩……」臺階上一片成功的歡嘯。

中計者聽到「嘩」聲即已恍然小悟，趣味還在於種種反應之不同：

A——扔下皮夾，目不旁視地疾步朝前走，這類最多。

B——舉起皮夾向嘩者們擲去，這類大抵是男的。

C——丟掉皮夾，罵幾句，再回身邊走邊罵，這類總是女的，黑的。

D——在嘩聲中安詳開夾，取出鈔票，佯裝入袋，在更興奮的嘩聲中將鈔票還原，皮夾仍置於老地方，這類是年紀較大的「紳士」，從前也是此種把戲的玩家。

E——鋒頭十足的摩登女子，正以天仙之姿走著，忽以凡人之態作俯拾，嘩聲一起，她像甩掉燙手的煎堆，直起腰來霎時難復天仙之姿，幾秒間，僅僅是背影，怒意、怨意、羞意、慚意，混合著顯露……

原來一個人的背影是這樣有表情的。

雪禮

每年首度大雪之夜的翌晨，走在路上，對面相值的人會向我微笑，容或我的微笑先於彼吧，而感覺上是同時展示的，禮貌話也同時說的。

大雪之夜的翌晨，向我微笑而致禮的路人都是美洲人、歐洲人。

一個個神色峻峭而淡漠的中國人，小步急走在美國的雪地上，其祖先是最重禮貌最善微笑最懂賞雪的中國人哪。

鄰嫗

我對他說：

「別人有鄰家男孩鄰家女孩可看，我的西鄰是幢空屋，東鄰是一位老太太，背已駝，骨瘦如柴，支著拐杖，移步來到汽車前，拐杖先入車，她顫顫抖抖坐進，拉上門，扣好安全帶，突然絕塵而去……」

他笑了，認為很好，很現代，我們一同笑。

他說：

「你揑造？」

「真是這樣的，老太太，汽車，是這樣呀。」

「老人開車哪會這樣快速？」

我認為他的話也是中肯的，可是在我的印象中，那老太太確實是慢慢出來，顫顫坐進，然後，絕塵而去……

險象

歐陸的都市，所以有情趣，都因歷史長、人文厚、風味當然醇粹，格林威治村算是紐約最有逸致的區域了，總還嫌有這麼點虛寒虛熱，不三不四——我克制著，免得多鄙薄它。

路邊蹲著一個姑娘，膝上豎著紙牌：

「我不出賣我的身體，請幫助我！」

過路的中年男子對她大聲道：

「你該去對你爸爸這樣說呀。」

「爸爸不聽我的話！」

男子已走遠，她還在咕嚕「爸爸不聽我的話」。她說著，扭動兩肩，臉也俯仰轉側，嘴唇開闔得很有風韻，如果她是一隻鳥一隻松鼠，就什麼事也沒有，她卻是一個人，在美國，在任何國，隨便古代近代，都會險象環生，這點點容貌，這點點青春，夠毀滅她。

面對她，有神論也錯，無神論也錯。

仙子

瓊美卡四季景色皆可愛，秋深楓紅尤難為懷，路上終年少行人，草木映發若雲興霞蔚，我獨自信步慢走，望見前面槭樹叢下兩個小女孩向我拍手，為什麼？她們誤認了？

愈近，愈知她們是為了歡迎我而鼓掌的。一座純白的優雅家宅，豐綠的草坪，木柵欄外才是路，小圓桌擺在路邊，兩把童椅，她倆顯然是姊妹，白紗裙衫淡色五彩碎花，圓桌上一串一串的項鍊腕鍊，小珠子也是五彩的、淡色的——她們是商人，自己串珠，定價，希望賣掉，得利姊妹均分。

經過這裡的人太少了，成為顧客的可能更少，我裝作認真挑選，取了四串，並問道：

「你們是不是覺得這四串最美麗？」

「是的，這是最美麗的四串！」

我付錢，她們交貨，彼此道謝。

繼續信步慢走，心想：如果回頭一看，她們消失無痕，那麼她們是臨凡的仙子，我是幸運的頑童；如果回頭望去她們仍在槭樹下等候，那麼她們是小小的商人，我是垂垂老去的顧客。

路工

從浴室的後窗下望，十來個修路工人配合著鏟土機在勞作，烈日當空，中年者穿上衣，青年赤膊——也由於發胖了不願出醜，而正當腰緊肩舒、胸肌沛然、背溝像一行詩，夏季不展覽更待何時，坐在鏟土機車中的那個也裸著上身，翹邊的西部草帽，因為，年輕。

還有更年輕的，金髮剪得短短，推了切割機到窗下來截路面，電轉的圓鋸噪聲很大，揚起陣陣灰屑，他用一方紅帕蒙著下半個臉。

路面截好，我想，該去洗抹一番——只見他走到攪拌機尾部，開水管，用紅帕接之遍擦上身……我想，何不沖沖頭呢——他偪下來讓水淋在髮頂，然後以紅帕拭臉……不再防塵，就紮額好了——他把紅帕斜對角貼在腹部滾捲，卻又抖開，沒有對齊？他仔細對齊了再捲，捲就便舉臂箍於頭上，我想，抽菸——他走近那個也赤膊而長髮豐髯的青年，我感覺到那青年的菸已抽完，果然見他聳聳肩……那就去小店買吧——少年奔了，剛及店門，這裡有人呼喚，他呆一呆，便奔回來（沒事，聽錯了），我想，還是要去買菸，買食品和飲料——他又向小店大步而去，不一會手捧兩個紙袋，嘴上叼著菸……

我離開窗臺，立在書桌前，點菸，對著燈——「博愛」這個觀念，人人以為「愛」是主詞，其實「愛」是艱難的，一倒翻便成怨恨，而「博」則既博之後，不會重趨於隘，剛才的半小時中，窗內的我與路上的他，就像我是腦，他是身，我想到什麼，他就做什麼，反之，也真切，他是作者，我是讀者，路是舞臺，窗是包廂，況且我曾有過多年修路的生涯，何起何訖，何作何息，經驗大半共通，汗之味，烈日之味，灰沙之味，菸之味，饑渴之味，寰球所差無幾，剛才的十五分鐘，似乎是我思在前，他行在後，其實兩者完全同步，但我額外得到一項快樂，鑑於彼此毫無礙誤，使這項快樂成為驚訝，那麼，「博」真正是主要的，「愛」豈僅次要，也徒然假藉了名義，「愛」得疲乏不堪的人，本以為從此無所事事，按上述同步現象的可能性之存在，「愛」得疲乏不堪的人尚可有所事事於「博」，先知比蘆葦大，博比愛大多了，愛一定要使被愛的人明瞭處於愛中，所以煩惱鬱毒，而博者不求受博者有知覺，便能隨時恣意博去，博之又博，驚訝與快樂莫須再分。

修路工程這一段還有好多天要進行，凡赤膊的青年少年，膚色日漸加深，久旱，高熱，空氣昏，赭紅的皮金褐的毛，望去模模糊糊，那是要想起他們剛來時的白皙，才能說他們曬黑了。

吉雨

藍灰的家常車，車身濯得清淨，心境也清淨，凌晨五分，兩時前接不著客，便回。

雨已止歇，落窗，抽菸。

忽然心有點亂，常會想起什麼又再也想不起來。

前面街口佇立一個白影，熄菸，駛近去……年輕……文雅……舉手了……

他啟車門，她進身前座。便於指路？

「去哪裡？」

他為她點菸……

「想去哪裡？」

「隨你便。」

「我是說該送你到什麼地方？」

「哦，上帝！」

「請原諒，是我誤會！」

她迅速出車，道聲晚安，側腰碰上車門。

車不動，她也不動。

他扭身探出窗口。

她取反方向走了。

緩緩駛過幾個街口，折回來，路景變得清晰冷漠，使他意識到原先的迷茫融合，目光左右搜視人行道，建築的程式，紅綠燈的倒影，別的車輛的聲音，顯得是個巨大的整體，她是一片白紙剪的小人形，不知濕貼在哪裡了。

她在酒吧的簷棚下，正要拉門，倏然轉體，好像聽到有人招呼。

他邀請她，共飲，共舞，不看手表，後來她看了。

送她回格林威治。

街景融合迷茫，又是密雨。

「哈甘……什麼時候開始的？」

「……兩年前……你呢？」

「什麼？」

「開計程車多久了？」

「也快兩年。」

「全在乎小費？」

「是，白天來回長島，比市內好得多。」

「不會一輩子這樣？」

「是，還難說再幾時換別的。」

「悌姆，實在你很優秀。」

「懶惰……而且，看人臉色，不如看街景。」

「倔強是最難改的脾氣。」

「假如要改，也會倔強地去改。」

「不用改，只有倔強的人才溫柔。」

「怎見得呢？」

「譬如說，穿著講究，就是對自己的溫柔。」

「那你是更精妙……我真不懂，你……」

「媽媽，妹妹，我急於拿到學位去工作。」

「快結婚了，明天是她的生日。」

「生日快樂！」

「謝謝，我們想來格林威治晚餐，哪家好？爾葛瑞？」

「爾葛瑞的廚師死去後，現在只有外州人才慕名而來。」

「阿薩姆呢？」

「很好，你有興趣可以找老闆，說烏拉・哈甘小姐介紹的，尾食中會有威爾斯王子茶……請停下，悌姆，非常謝謝你！」

「哈甘！」

「什麼？」

「電話號碼。」

她接過筆，在他掌上寫了。

沿哈德遜河馳了一程，轉回她下車的街角，細雨中黑暗的公寓，斷崖峭壁之感。

電話亭的照明下，掌心的字碼，汗液滲糊，剩2、5可辨。

翌日發現哈甘坐過的位角有個名貴的手提袋。晚上悌姆與未婚妻來阿薩姆，手提袋托老闆轉還失主。餐後，威爾斯王子茶瑩瑩琥珀色，味醇香濃，著名茶商唐寧獨家經營。

要帳單時，侍者殷勤過來道：

「哈甘小姐已付過了，她祝賀你們生日快樂。」

悌姆被懷疑，解釋復解釋，婚約還是廢去——才看清追問不過是藉口，他被厭棄了。婚前曲太長。也正是情意短。

上阿薩姆喝杯茶的興致也提不起，對食物比從前更挑剔，人卻愈見俊逸，一身靜氣。

烏拉・哈甘接受博士學位的典禮上，悌姆露了面，說幾句話，什麼也沒說。

過一年，哈甘結婚，新郎不是悌姆。

過三年，悌姆結婚，新娘烏拉・哈甘，教堂中挽臂出來，滿街都是同樣的雨。

銀婚日，金婚日，記得都下雨，後來，與雨無關，永遠了。

魚和書

漁民的目的物是魚，門前的沙灘上，鋪曬著巨網，陽光直照，淡淡的海腥，生活清閒得多了，用機動船作業，英國的漁民都這樣。東南部蘇佛克郡（Suffolk），位於北海的奧爾德堡之濱，漁民村，銳角下斜的屋頂，為了冬季積雪融落得快些，桁樑用粗糙的原木構成各式格子，可謂歐羅巴古風。

行不多時，就進城了，那些神色不定的遊客，見之心煩，全靠本地居民的藹藹晏晏，使這裡顯得可以小住一週。空氣似乎特別清新，也是街上行人稀少的緣故，明知這裡不發生盜劫案，所以夏天的傍晚……黃昏……靜謐的氛圍層層深去，夜涼如水，是指如水之澄澈。倘若置身酒吧，煙霧醇氣彌漫，好像要快樂就得這個樣子。中國的「哈爾濱」，這個名字的意譯是「曬網場」，也多漁網，也流行抽菸飲酒，還有不少打靶場，還有一條「馬街」，沒有馬。中國的北方大都吃粗糧，怎麼辦呢，啤酒是液體麵包，反正我停不了幾天。酒店在哪裡？空跑了一個多小時，只好開口問，才知道凡門口掛有彩色紙球，好歹是賣酒的，難怪沿路時見此種日曬褪色的打裥的紙球高懸楣樑，門和窗倒是關著的，竟是酒店。

推門，一進入便想回身——裡面暗，亂，菸氣酒味的第一感覺是它們的劣質，那沉甸甸的悶熱更其擯人——我是退出來了。

如此三進三退，除非不欲以啤酒充饑，否則就得在第四家進而不退。

在第四家找了一張臨窗的小板桌，後窗，窗外汙黑的雜物堆得只露一塊手掌般大的天空。我身上除了汗還是汗，夏日正午，多走了路，這酒店好比蒸籠烤箱——也許會死在哈爾濱。

要了一公升啤酒，一碟炸青蛙，別的就只有烙餅，絕不接受這種超乎想像的烙餅，鐵餅。青蛙本來瘠小，油炸後，無肉可啃——又想走了。

除非立即離開哈爾濱，而要辦的事沒辦完。看別人，另一角的少婦，她的左腿盤在凳上，右腿屈膝，豎以擱肘，抽紙菸，一口，一口，手勢分明，碗中想必是白乾，輕輕端起，啜呷有聲，放下時碗底著桌似乎太重了……扯點兒烙餅，孜孜咀嚼，卻已嚥落——確實是絕妙的示範，大意是：您也應當如此，您也是一個人麼。

奇怪的是我竟徐徐順從她的無聲之諫，開始喝啤酒，啃青蛙腿——感覺自己在履行一項德行。

老闆、酒保縮在緊底。另外三張桌子，有男客堆圍，面顏衣色槁晦難辨，偶一欠動，才知他們也在飲酒抽菸，而且談話，像是我的耳膜鬆弛了，這樣近的人的聲音這樣遠，意義不明，他們說的都是「斷面」，自有一個共知的整體，只要出示斷面，彼此了然心中。

那少婦——中國南方從不見有上酒店獨酌的女人——時而全跏，時而半趺，一口一口手勢分明地抽菸，手勢也很分明地飲酒，在南方是沒有的。

哈爾濱還有些灰色的樓房，在那裡算是很高了，屏風般列在一起，前面便是空空的黃沙地，樓房的外牆上，宛如鷹架，構著黑鐵的露天扶梯，曲曲折折，好像很幸福，晾滿衣裳，飄得很厲害，使我想起「米蘭」，後來在米蘭並沒看到與之類同的景象，何以哈爾濱的曲曲折折的黑鐵露天扶梯使我想起米蘭……

一公升啤酒，味似馬尿，其實誰能說出馬尿是怎樣的，而且半公升入肚，飢餓已止，驀然驚喜，木窗外，堆著汙穢雜物，畢竟有空隙，風吹進來，小的，碎的涼風，也一絲絲，一陣陣，坐在這裡是可以的，風這樣吹我，有風這樣吹，我能坐下去，喝下去，剛來時就是這樣的，感覺不到罷了，幸虧聽順那女人的諫言，餓已止，汗將收盡，青蛙的腿不必啃，連骨嚼就是，有鹹的肉味，油炸的焦香，汙穢的雜物的空隙，不止一塊手掌般大的藍天，另有更小的三角、菱形、好幾塊藍天，風是這樣吹進來——所以我坐在蘇佛克郡的小城酒吧中，煙霧醇氣彌漫，我能比三十年前淪落哈爾濱時要老練鎮定得多了，可以取代那個中國北方的少婦而為別人示範、進諫。

文學也是這樣，很悶人，一個字一個字的聚合物……尤其在兒時，翻到全是字的書，心想，這種全是汙黑的字的東西，永遠不喜歡，但是昨天巴士海峽來的越洋電話說：

「您的文集編校完了，將正式付印，發現缺一篇序言。」

「非要序言不可嗎。」

「文集是幢房子，序言是扇門！」

我笑道：

「序言寫到一半，明天可以寄出。」

文學是由一個個字串成一行行排成一段段的手工製品，我的寫作尤其汙穢雜亂不堪——啤酒喝到半公升之後，才發覺得有小的碎的涼風從幾個空隙中吹進來，除了最先看到的一塊手掌般大的藍天，還有更小的三角形菱形的好幾塊，北方乾旱的夏日的晴空，明淨的淡青，近似嬰兒的眼白，在汙穢的黑而亂的雜物堆之外——我自己不憂愁，自己已經有些像曲曲折折的露天鐵梯那種幸福的樣子，別人是否知道門楣掛有褪色的紙球的就是酒店，是否肯屈尊坐落在臨窗的小板桌之一邊，是否願向那獨自抽菸呷酒扯烙餅的女人借鑑——汙穢雜亂的文字，總也有不期然而然的空隙，容或青穹可露，涼颸可逸……寫作者和閱讀者是一個人，怎會是兩個人呢，是一個人。

我想，常想，暫別用字堆成的文學，暫別用文學堆成的生活，真的結束孽緣，我自由了，海浴，風帆，垂釣，滑浪，高爾夫球，網球，音樂節，初到 Aldeburgh 的三天，這可明顯，「馬尿啤酒和青蛙焦屍」的噩夢遠去了，桌上是英國之國食 Fish and Chips，炸魚的塊兒大，鮮美熱辣，伴隨的薯條照例是鬆軟的——海浴、風帆、垂釣、滑浪、高爾夫球、網球、音樂節，一天天過了十天，呆住——炸魚和薯條下嚥遲遲，其他的海味總是海味，不再混在煙霧醇氣彌漫的酒吧。所稱燈光柔媚，音響幽雅的餐廳，待不了一小時——我會死在蘇佛克郡的。

夏夕漁村，空氣清新，駛車回倫敦，倫敦也非長住久安之地……不會再去蘇佛克，不會再去哈爾濱，也不會什麼地方都不去了。

那巴士海峽來的越洋電話真有趣，房子必要有門，如果是廢墟呢，就不要門了——最聰明的人是一上來就造個廢墟，至今未見有此種心腸和膽魄出現。也並不難，是怕人抱怨。

Aldeburgh 這種小城是不可抱怨的，每年幾次音樂節，有手工藝精品店，獨件的，刻上藝術家的姓名，修道院裡的石雕很古很古，田野裡風車轉得你微笑、心酸，人都有一些忘不了的事。

哈爾濱何嘗可以完全抱怨呢，松花江對面是太陽島，「島裡」的一條繁華的街上，有白俄羅斯商賈開的「斯陶倆爾」皮貨店，夏天也不歇業，滿堂屋毛茸茸的。一側玻璃櫃中羅列不少古典飾物，我看中某支觀賞歌劇時用的「單罩」，即有長柄的獨片望遠鏡，還有可愛的。江畔的大陽傘下，老人瞑目端坐，娟娟少女斜簽著捧書朗讀，前面是一望無際的松花江，男性氣概的熏風吹得徜徉，使我既羨慕那位老的，也羨慕那位少的，更羨慕那本被捧著的書，如果一旦是我寫的書，那麼再羨慕什麼呢，羨慕那個開始動手就造出廢墟的人，如果沒有那種人的呢，那麼我羨慕蘇佛克郡的漁民，用機動船作業，清閒得多了，漁民的目的物是魚，不是書。

虎

三條獵犬在門口不安地旋走，見眾人拿著武器出來，牠們歡蹦了，要舔符拉索夫的臉。

「到得圍場，不許亂嚷，不許抽菸咳嗽打噴嚏。當然，絕不能開槍。射虎，要對準牠肩胛後面第三條黑道，一箭貫心。如果只打傷，就危險了。」

符拉索夫面著沙布林說，目光斜向遼息卡和尼基達。

沙布林精神抖擻，別人都持槍，他和符拉索夫只帶弓箭，只備一柄長身闊刃的巨劍，只有他使得動。他說：

「等忽兒趕出了虎，我射頭箭，旁的事我可以讓，這個不讓，謝謝大家了。」

中尉勃隆斯基說：

「今天你唱主角，只要你別讓虎唱了主角。」

符拉索夫記得沙布林剛來駐防時曾險些射穿他的鐵盔，知道那弓厲害，然而輕易讓了頭箭，未免有失他本地老獵手的臉面。

山林谿谷鋪滿白雪，五匹馬跑出十多里地，獵人們背上微微沁汗。一夥野豬從前面山嘴竄出，隱入樺樹林，尼基達對符拉索夫說：

「你的幾條狗怕不中用吧，好像沒有看野豬？」

「這一黑一黃，是布哈特的咬虎狗，是皇家貢品，牠們知道自己的身分，野豬才不放眼裡。」

「那隻呢？」遼息卡指的是居後的小花狗：

「貓兒似的，也能逮虎？」

「牠叫尖鼻狗，也系出布哈特名門，嗅覺奇靈，鑽酒蹓穴是牠的絕技。」

這一帶雪被強風颳下山溝，獸跡看不分明，翻過山梁，背風積雪處，地面赫然列著虎爪印，密密長溜，伸入山下的雜木林叢。

五人下馬，符拉索夫說：

「怪事！公的母的在一起呢……還是昨天經過此地。」

虎不結伴，至多母虎領一二頭幼的。遼息卡俯身量量那最大的爪印的間距，估計從頭到腚十尺有餘。

尼基達說：

「管牠有幾匹、有多大，快走吧！」

下了山溝，踏雪左繞右盤，小花狗腿短，雪陷到肚子，跌跌滾滾趕路。

三條狗同時停步，圍著一團黑物打轉，獵人近去，看清是個野豬頭，身子沒了，骨骼散在雪裡，符拉索夫激動起來：

「牠倆吃飽了，走不遠，大家準備！」

出山溝，虎爪印通向長滿樺椴的山凹，低頭嗅跡的狗一齊朝那林子吠起來。

符拉索夫戟手道：

「就在這裡頭。」

林藪邃密，雖已落葉，看不清內情。獵人把馬匹拴好，勃隆斯基說：

「稍歇會兒，符拉索夫，怎麼個章程？」

「有什麼章程，把狗先放進去，虎就引出來，沙布林要占頭箭就占，不成就二箭，再不成，大家開槍。」
「放狗！」尼基達和遼息卡同時叫起來。
「慢！」
勃隆斯基認為沙布林向來顧前不顧後，符拉索夫雖是老獵手，孩子氣卻很濃。這裡地勢像畚箕，坐東朝西，大幾百畝，其後石崖壁立，兩側也陡峭，山梁長滿魚鱗松。他說：
「我們分而為三，各守一面，等狗把虎引出林子，沙布林弓弦響，大家從三面開槍。」
符拉索夫眼看同夥已隱藏好，便在大黃的後腿上一拍，喝聲「去！」那狗吠著直衝林子。
林子裡狗叫得愈加激烈，已與虎照面了，俄而悶雷似地爆出一聲長吼，緊接著愈吼愈獷厲，這強音使人的下肢瘆軟，手也抖起來，脊梁上寒慄似涼水瀉流到腳踝骨。

犬吠與虎吼密織，兩匹斑斕大獸一前一後踱出林子，甩打著長尾，舉步從容。

沙布林鎮定下來，覺得虎也不過是血肉之軀。

在主人的眼皮下，大黃更加拚命地吠，要像平時趕鹿那樣把虎逗到主人的射程之內。那虎在林子裡難展爪牙，才到曠地上，要發威了，野獸是母的比公的更狠，那母虎掉轉身軀，臀部一挫，向大黃撲來，大黃閃避巨爪，溜到腚後狂叫，母虎回頭再撲，大黃從牠肚下穿過，糾纏著把虎往這邊逗近來。

遼息卡見沙布林那廂沒動靜，忍不住對準後面的公虎要開火，他舉起別列槍，卻見公虎伸了個懶腰，往雪地伏倒，被土坎遮沒身形，而母虎正蹲踞待起，便急移槍口一扣而發，子彈擦過母虎的小腹，公虎聞槍響立即縱身逃入樹林。

沙布林正要成射，聽得北山梁開了槍，怒火中燒，而這瞬母虎已到五十步之內，再不能讓人占先，瞄準虎頭拉弓便射——弓弦崩斷。

母虎聽得弓響，丟下大黃，朝這邊衝來，符拉索夫開弓，射中虎胸，偏了，反而激得母虎發顛。

沙布林雙手高舉巨劍，正對空中壓下來的虎頭劈去，豁裂聲緊接著便見虎軀橫翻在雪地上，不管牠是死是活，朝虎頸又連刺三劍。

獵人們趕攏：

「沒傷吧？」

「牠死了。」沙布林大喘，腳底發飄，沒有一箭斃虎，心裡彆扭，從地上拾起弓，罵著，要把弓擱在膝上拗斷。

勃隆斯基奪過弓，看了斷弦處：

「是不小心濺上了火星，烘的時候要耐性，平時你誤它，臨陣它誤你。」

獵人們定神俯看那母虎，鼻梁碎到天靈蓋，濃白的腦漿與鮮血渾著，上下顎的牙床骨也分成四爿，尖刀似的虎牙足有五寸長，軀體冒著熱騷氣，死了，猙獰的氛圍還未離開牠。

尼基達嚷道：

「剛才，剛才沙布林的那一聲喊，正敵得上猛虎的威風！」

「我喊過啦？」沙布林問。

勃隆斯基說：

「還有公的。活捉，怎麼樣？」

「逮住了，給牠套雪橇還是犁地？」遼息卡側著頭笑。

「我們幾個快要回彼得堡，帶著牠，才闊氣！沙布林，你說呢？」

「你說呢？」沙布林問符拉索夫。

「我不上彼得堡，算是我把虎作為禮物送你們吧。這東西，凶猛力大，可是氣性短，你們等著瞧，我叫牠夠受！」

大家來到南面山梁上，放下武器，抽菸。

符拉索夫放出黑狗。

林子裡又傳來短吠長嘯，雄虎被擾煩了，卻記得剛才的槍響，一出林子不敢停留，逕往東北向的山溝竄去。

大黑緊追，咬住虎腚，虎回身便撲，狗左閃右閃，絕無定點，虎喘了，大黑不讓牠有間歇，溜到後面避過虎尾，再咬那腚，雄虎狂跳起來，又與大黑面對面折騰。

符拉索夫把兩個手指塞入嘴裡，一聲尖哨，大黑立刻脫陣奔回來，大黃隨即飛出去了。

大黃也專找虎腚撕噬，作勢更見凌厲，虎自知轉體遲鈍，想逃逸，大黃躍上虎背，一口四爪，叮抓住了，那虎只好滾倒地上，摔脫那狗，再站起時，大黃已取得距離，吠聲惡狠得像要把藏腑噴出來似的。

唿哨又起，這一聲兩條狗同時受命，那邊大黃撤，這邊大黑攻。

沙布林丟了一塊肉，大黃搶口吞下，立即嘔出，牠只有喘氣的份。

大黑鬥了一陣，勃隆斯基從吠聲中感到不濟，便問符拉索夫：

「小花行不行，看牠，也驕得很！」

符拉索夫把牠捉起來撫了撫，邊抛邊叫：「去！」

小花奔了幾步，停住，朝虎尖噪，符拉索夫上去踢牠：

「唱什麼，快上！」

虎已累了，卻見一個兔子般大的怪物滾過來，牠趴著不理睬，小花趁機繞後身，只揀血肉模糊的腚上連抓連咬，雄虎不得不跳起來與之周旋，小花倏而順向，倏而逆向，避脫虎的前爪……

獵人們相視而會意，沙布林從遼息卡手中接過大叉，尼基達拿出繩索理順。

勃隆斯基說：

「沙布林把虎按住，遼息卡揪尾巴，尼基達捆前爪，符拉索夫捆後腿，萬一按不住，大家隨機應變，誰險了，大家教，而最要緊是脫開虎，我就給牠一槍。」

沙布林當下先縱下石崖，其他的跳落後從左右兩面朝雄虎逼近。

雄虎比雌虎龐大，長毛紛披，滿口白沫，齜牙呼嘯，強烈的臊腥襲人如熏。

沙布林用鋼叉往虎頭上撩撥，那虎揚爪招架，霎地騰空而來，沙布林一個旋體閃出險境。

三條狗無聲地在後面合力咬腚，虎痛，棄人而顧犬。

遼息卡躍上用木叉向虎頸猛按，卻被掙脫而咬住木桿搖頭一甩，遼息卡翻了觔斗，撞到沙布林懷裡。

虎在人犬的圍攻下，不再徒事縱跳，只在原地蹲伏著陰沉打轉，準備相機突襲，長尾左右攪動，擊起冰稜雪塊直打到獵人臉上。

獵人疾徐不一地繞著雄虎走動，使虎相不到可撲之機，但人也無從逼近下手。

勃隆斯基舉著粗膛長槍在不遠處炯炯瞄準。

沙布林的鋼叉明晃晃最引那虎注目，一聲悶吼起撲了，沙布林側身舉叉向虎背插下，虎猛扭腰肢，沙布林自虎背栽過，跌在地上，勃隆斯基正要開槍，遼息卡扔了木叉，一個箭步躍跨虎背，覆身摟住虎頸，沙布林也扔了鋼叉，搬起一隻虎爪，連扭帶掀，將虎翻了個肚子朝天，急用兩腿挾住虎腹，雙手抱定虎胸，頭抵著虎頸，這時遼息卡已騰出身來揪住虎尾。符拉索夫將木棒朝虎口塞，果然一口咬住了，勃隆斯基與尼基達將木棒和虎頭纏綑起來，虎爪虎尾隨之縛住，問道：

「傷著沒有？」

「沒有！」

「沒有。」

虎被捆得不成形，還是昂首撅腚掙扎。

獵人們坐在雪地上，都有相同的感念——就這樣圍著虎，看著虎，抽菸，什麼也不想，一直抽著，看著，什麼也不做。

回到營地，把死虎剝皮、開膛、醃製，直忙到夤夜。活虎抬進碉堡底層，亮了燈，從槍洞中伸進長柄刀去，挑斷繩索。

開頭幾天，不食不飲，勃隆斯基擔心牠活不長，沙布林逮了隻活狍子，才逗起了牠的食欲，一頓吃個精光。白晝，牠悶睡；入夜，沿壁繞走不息，時而咆哮，已睡和未寐的人聽著都發呆。

沙布林嘆道：

「我們是卑劣的，正直的是虎！」

遼息卡摟著尼基達：

「狗呢……那三條狗怎會不怕虎，敢與虎鬥？」

符拉索夫說：

「牠們，沒有我們，牠們才逃得快呢。如果那天，那時候我們轉身走了，三個傢伙準比我們先回營囉。」

賣翅膀的天使

又坐在白漆細梗的鐵椅上。

這條街兩邊都以賣咖啡為業，老闆皆意大利移民，便稱作小意大利街。

每次在中國城午餐後，幾個人還不想散：

「上哪兒呢？」

「仍舊小意大利吧。」

從來不記招牌，好歹總是咖啡館，有一家標著「花園開放」，實係後院露天座，幾枝瘦瘦的喬木，四面聳立高樓的磚牆，是接鄰建築物的側面或背面，有窗戶也小而簡單的，順著磚牆朝上望，天空很有限的一方塊，所以這裡只好算天井，樹不容易長大，樹邊豎起藍白的遮陽傘，蔭著或方或圓的薄板桌，每桌配四把小椅，牆腳雜草叢中置長排盆花，零零落落，不供觀賞供同情，令人一瞥而諒解這裡到底不是意大利呀，更要寬恕嵌在左牆上的鏡子，它像普通的門那樣的尺寸，及地，意思是那廂還有花園，此乃商場慣技，鏡子可以使水果蔬菜猛然增一倍，而咖啡館的後天井也出此下策，實在沒志氣，不過還得推究這裡是紐約，時屆二十世紀末，經濟低迷的年月居中國城而要賺錢，下策自然即是上策了，靴形的老意大利毋庸任其咎，誰知道這家的老闆是什麼血族的，也許又叫霍塞（在格林威治村亦多的是霍塞），老闆很能變花樣，有時幾段希臘斷柱，士敏土澆製的，橫在牆角，偽裝悲涼，有時院底的堆棧之側，貼出一個凱撒，石雕凱撒的照片印放得比真人還大，雖然隔著樹枝，影影綽綽，總歸是紙凱撒，霍塞老闆不僅下策，儼然失策了，且看風吹雨打，上半截脫膠，凱撒折腰前撲，霍塞自己瞧著也不像話，撕掉——撕掉之後，倒使人想起曾經有這回事。

幾個人到這裡來閒聊，話是不會有好話的，四面高牆，世界落在外面，諷嘲、咒詛，多做也乏味，一個人，除非過早夭折，否則到頭來難免要被逼得頹廢，頹廢有兩種，一是混頹廢，一是清頹廢，中國傳統之所以成為優勢，乃在於代代相授到了近乎生而知之。寒素比富豔頹廢，戶外比室內頹廢，陽剛比陰柔頹廢，色度比色彩頹廢，等等。

牆的灰磚蒙著蘚苔，隙縫間長出一蓬蓬蔓草，朝東的牆披著茂盛的薜荔，天井，乍看總有死寂感，稍過一會便知由於陽光移照，角度的變化使天井徐徐轉換氛圍，氛圍就是心情，頗像中古人的心情，微明微暗，始終從容，這樣地你過了你的一生，我過了我的一生，說多不多說少不少。

「健康是一種麻木。」

「從前的人，飲酒、服藥、調弄聲色，那些忘憂的法門對我已經無效，唯有健康，健康得好像沒有這副頭顱身體，才安頓了自己。」

「我也甘願輸給我的健康，伸個酸甜的懶腰，胸脯沉甸甸，股肉發脹，手心腳底微微沁汗，覺得這蠢貨尚可躉在天地間，豈不就是度量恢弘。」

「生命與健康是同義詞，生命，只對外界的非生命而言，健康，純粹是內在的、個體的、自足而抽象的，所以保羅說，看得見的一切被看不見的一切統攝著。」

「所以我再三說『思想』是反生命剋生命的，上帝對它本身的荒謬，諱莫如深，生命的出現，使上帝不安，預告它（生命）將要評騭它（上帝），為了免於無謂的涉訟，上帝先下手規定生命十足健康，不健康就趨向死亡，如此，生命健康，它就麻木，就無能評騭上帝，植物動物便全然受制於這項律令，凡愈冥頑不靈者，必愈健康長壽，而作為生命的人（作為人的生命）：群體而言，總是健康的，單個而言，每有一時健康一時病弱的現象，在病弱期間，他思想了，還用文字寫成比思想更尖酸刻薄的書，使另一些雖然處於麻木中的人，讀起來也會驚歎，認同——生命是這樣地有了文化。」

「上帝就束手無策麼？」

「有策，文化會發展，發展為畸形，通俗文化是畸形文化，是畸形文化的最大的一宗，這樣，生命便又注定消亡在愈來愈畸形

（愈通俗）的文化中。」

四面高牆的「花園」暗下來，東牆上有一片斜角的夕照，方框的天空紺藍酡紅，幾縷被切割的晚霞在舒欠飄浮，樹枝上的花飾小電珠霎然亮起，才看清每張桌邊坐滿了男的男女的女，我們這幾個也沒有說要散，添茶，蘇打水，卡布其諾，西西里紅豆派。

「在皇后區的街上，常常遇到俄國人，我是指新移民，想和他們談談，後來還是找年輕的先問，他們的目光是直直的。」

「你覺得美國怎麼樣？」

「好。」

「是什麼好呢？」

「吃的東西多。」

「還有呢？」

「我說了，吃的，多。」

不僅是年紀輕的，他們中年一輩，老年一輩，都內傷慘酷，而且見形於外，臉色眼神舉動，都使人一望便知。

「前次霍洛維茨歸國，一曲舒曼的《童年回憶》，滿場聽眾泫然欲泣，那中年男子，淚水慢慢滲出眼角，流下虛腫的面頰。這是應得有個說詞的，『蘇維埃的臉上，流下俄羅斯的眼淚』（當時還是『蘇聯』），意識形態的重傷號還在挨餓，即使好容易有了土豆加牛肉，土豆加牛肉不是心靈之藥，然而，比之中國，還是那裡的文學家中有好樣兒的，良知依稀而未泯，普希金傳統音容宛在，這裡是，繼迷茫的一代之後，來的是全無心肝的一代，再之後，想像力所莫及，除非去推理，桃子爛了，爛到快要墜地的時候，忽然完整地紅熟芬芳起來，但願有這樣的事。」

「在一次晚會上，我認識了伊凡・伊凡尼奇・拉普金，妻子女兒頗有斯拉夫族的風情氣質，他們剛剛到美國，多好的美國電影都只聞其名，邀請他們來我家看錄影帶，他們很高興地答應了，我還約略透露想為母女倆畫像的誠意，後來，他們沒踐約，也沒電話。」

「他們是對的，自尊心使他們為難。」

「巴黎如何？」

「不值一個彌撒了。」

「姑且談談。」

「可以談……八年前，巴黎是一萬兩千家咖啡館，我走的那一夜，只有五千家了，反正每天有兩家關門，意思是七年之後，統統關掉，巴黎有塞納河，沒有咖啡館。」

「『巴黎無咖啡』，很好的小說名字。」

「記得我在法國時，全國有五十萬家咖啡館。」

「還剩下七萬兩千家，老闆們大惑不解，感歎太不法蘭西，誰有閒工夫呢，全世界都忙，那是一種偷不出閒的忙。」

「Malranx的判斷原應算是語重心長，其實是賭氣話，言中壞的一半。」

「戴高樂時候的文化部部長麼？」

「是，他曾說『二十一世紀要麼是精神的世紀，要麼就不存在』，十九世紀也期望二十世紀是精神的世紀呀，絕不是現在這個倒楣樣子，法蘭西是最愛讀書的國家，也都在那裡呆看電視，難怪好萊塢的武打明星會成為法蘭西國賓，授獎設宴，備受禮遇。」

「如果迪士尼花了大錢去勾引法國人，倒也是一句話，沒有呀，沒有多少廣告費，不僅法國，整個歐洲蠢蠢而動了，門票、旅館都比美國貴，夏令一季迅速訂完，那迪士尼樂園離巴黎很近，二十英里，可見法國當局對通俗文化的興會之高，態度之殷勤。」

「西方文化衰落，是命，可以比賽的是誰衰落得慢，衰落得有款式，在想像中，在理解上，應是法蘭西衰落得最飄逸，款式最哀婉，甚或臨終還有天鵝之歌，死了，也是不僵的，現在看來，從近年看來，我們錯，我們糊塗，法國文化不是衰落，乃是墮落，衰，是勢，是規律，是傾向，而墮，是自暴自棄，沒有什麼外來壓力逼使法國這樣那樣去做，可是法國自賤，置『精神性』於不顧，我的感覺是法國好像沒有法國人了，俄國詩人有歎『在俄國，俄國已失去了俄國』，法國詩人不歎『在法國，法國已失去了法國』嗎，法國沒有詩人了嗎？」

「美國文化以通俗性、娛樂性、科技性，征服了世界，對於開發中的國家，哪怕是曾經有過高度文化的古國，也抵擋不住這通俗娛樂科技三性作用之為烈，東歐國家更饑不擇食，拿來就吃，希望但看歐洲，歐洲但看法國、法國但看巴黎，可是巴黎的老人、中年、青年人都到哪裡去了，二次大戰初起，法國一上來就防線潰散，全軍投降，當時舉世嘩笑，到底只靠香水、時裝、白蘭地是不行的，這次，可沒有動武力，不過是米老鼠，一進歐洲，法國率先投降，如此武、文兩次投降，真使法蘭西三色國旗一片模糊，《西方之衰落》，以為言重了，庸詎知來的不是衰落而是墮落，要麼只好分開來，世界上有兩個法國，一個是從前的法國，一個是與從前的法國不相干的現在的法國。」

「條條大路通凱旋門，把凱旋門拆掉，改建迪士尼樂園，法國人說『不好』，為什麼不好，離巴黎二十英里就好了嗎？」

「『過度——是取得智慧的方法』，你帶領一批藝術家，以改建迪士尼樂園的名義，去拆毀凱旋門，這就形成又一次法國大革命，至少也是一次新的啟蒙運動。」

已是初夜，賣藝的老丐總是這個時分登場，一身水手服，白帽歪歪，行個海軍禮，然後撩撥吉他，唱那不勒斯舊情歌，他的可怕不在於形與聲的牽強附會，而是勿知從哪裡的伎倆，一邊唱一邊將混濁的目光投在你的眸子上，十分甜膩專注，很多人就違避不了，只好呆呆地回望著他，一曲歌罷，你怎好意思無所表示，和善脆弱的夫人，幾乎中魔似的懾服於那假水手的凝視，應和著他的表情，臨了才覺悟自己該掏錢包。

賣唱的是意大利人嗎？曾經當過水手嗎？大概和霍塞老闆、士敏土希臘斷柱、紙凱薩一樣，都是假的。

什麼是真的，在俄國，俄國已失去了俄國，在法國，法國已失去了法國。真的。

醉舟之覆

韓波逝世百年祭

惡呀，你來作我的善吧。

——彌爾頓《失樂園》

詩國頑童儔裡，韓波整個兒任性。拜倫狂放而文字守格，海涅發乎搗蛋而止於俏皮，馬雅可夫斯基本質蠻戇，葉遂寧，被慣壞了的農家子。讀其他人的詩，或慕、或悵、或和鳴、或嗔嗤，讀罷也就過去，至今仍留三數耿耿於懷，對之廓然若有所負者，馬雅可夫斯基、葉遂寧、韓波。亦可說詩天彗星這三顆最熠耀得慘烈，被一己天才所誤導的詩人，這種瑰琦的稟賦包括了韶美的形體，霎時間裡裡外外都是詩，而欺侮凌虐他們的，說起來是時代際遇，其實使他們逢凶不能化吉的卻是他們剛愎的心——從三位中選一位，任何一位，或許就可以析示他們與生俱來的共性（可憐的永恆的共性），韓波的一百週年忌辰將臨（Arthur Rimbaud，卒於一八九一年十一月十日），欲說韓波，總覺得宜說他的一部散文詩集，《靈光錄》（*Illuminations*），尤其是集中五分之一的篇什。

詩是嚴裝，散文詩是便裝，便裝更率性愜意，是波特萊爾開的風氣吧，馬拉美寧是散文詩寫來比詩愈益綿妍，但韓波不是湊熱鬧的人，他天生散文詩性格，叫他不寫散文詩也不行，寫了兩集散文詩也還是不行，他要散、強梁迅疾地散完他的生命。

詩人──卓犖通靈，崇高的博識，語言的煉金術。

韓波對「詩人」的名義所作的詮釋是中肯的，也快說全了。詩人是實體世界上的精魂，他的詩是靈界消息，實體與純靈難於溝通，詩人假藉韻形塑造意象，使「靈」可聞可見與人親暱，啟人悟思以成歡喜。童心非即詩心，詩人具種種識，其博博在識，博學事小博識體大，學乃知，識乃覺，雖然韓波自己說的是「無比崇高的博學的科學家」，這可以解作他詞未達意（沒有見過通靈的科學家，也沒有見過「科學詩」或「詩科學」）。任何藝術都宿命地有著自始至終的技巧性，技巧出錯，一上來就完，「詩」是文字的構成，甚至是非語言的非歌唱的，唯有非歌唱非語言才能一片神行，昇華到詩的極峰。韓波所稱的「語言的煉金術」，如果說作「語言的魔術」或者更廣其義，回答「一個針尖上能站幾個天使」易，「一個針尖上能站幾個詩人」是更艱深的經院課題，詩的起點和定點倚仗文字的符號魔術，詩人要推辭魔術家的稱號必致桂冠墮地。

就這樣算水落石出，韓波的本意是：

詩人通靈，淹博，神乎其技。

韓波自己卻正苦於與靈界乍暢乍塞，風塵僕僕的一生，盡瘁而不及反芻，就此鯁噎住了，擱筆即成絕筆，在此之前，他對付文詞用的是悖論、逆說、詭辯，掊亂感覺、意識，誠然激起諸般景觀，每當收拾不起來時，狀態難免狼抗乖張，不了了之到底是不了。若說要綜合芳香、樂音、彩色，這樣想想確是快意的（戈蒂耶也想呀，鮮花黃金大理石，何嘗如意綜合過來）。韓波又說「把思想與思想接通，以引出思想」，他是去踐約的，而起動的思想大半是感覺，引出來的不可能是思想，仍然至多是感覺，一引再引，局面就凋疲不堪——何況在詩的王國中，恐怕沒有思想家的坐處，因為思想家向來是拒詩人於理想國國門之外的。

韓波慣用的可不是「二律背反」性質的對參，他以字面對峙形象對比，來營造新感覺新境界，容易流於粗疏，滿足於表面效應——也許正是這些想法手法，窒礙了上通靈界，誠則靈，不誠呢。即使是二律背反，亦不可能藉作詩的方法論，二律背反與其說觸及「真理」，不如說觸及「極端」，使人明悉處於無所不在的「極端」之間，隨時可以碰壁，而韓波的絕望，原因歸諸自身，他卻以為世界使他絕望，於是纏夾了二十餘年，假如他壽長，只會更悽惶，詩人在有詩可寫時猶煎熬若此，無詩堪寫而一天天一秒秒地活著，那是什麼日子，歷來的大詩人蒙主召歸，在樂園的濃蔭下還是寫詩，源源不斷直到永遠，否則樂園成了苦圃。

凡「XX主義」，或是詞不達意，或是以詞害意，象徵主義和唯美主義同樣是言過其實，實又不能過其言，這樣起手就失誤，咎由自取得沒名堂。唯美，象徵……皆為隱私，謎底無論如何不該放在謎面之前。還是很早韓波就自訴找到了他的精神迷亂的性質，且是神聖的，這樣，性質既然肯定，就免了他再尋找，至此真的迷亂不可解了。作為一個秉持懷疑精神傳統的智者，他太輕信，懷疑的可知性，是從自身出發，遍及萬象，又回返自身，而韓波並未回返。

酒神、酒鬼，不僅相異，正是相叛，酒神與日神並立映輝，酒鬼倒斃日光下亦非新事。韓波自道的「精神迷亂的神聖性質」，按當時說，是「實在的性質」，於百年之後的今日言，是「廣泛的性質」，而有人將此兩種性質論作「韓波的文學的深遠影響」，那是泛泛不求甚解，現代詩的模糊顛倒荒謬的普遍調門，非十九世紀象徵主義之功之過，可驚歎的是現代詩風的開始，竟是如此之早，韓波的作為，竟是如此之霸，如此之絕。近代藝術的瘴嵐戾氣，原來發端於十九世紀七十年代，世界還未曾經過兩次大戰，人性已起了大豁裂，兩次大戰無疑是人性的致命重創，反過來說，如果人性的內因不變，或者承受得起外界的物質暴力亦未可知。

韓波的文學生涯短促得無需分早期晚期，說他所有的作品是七晝夜寫成的也可以（詩六十餘首，散文詩兩集，斷簡零札若干），《地獄之一季》有所隱射，太私人性，費力、明明事倍功半，凡審知他與魏爾倫的一段公案者，總能診斷此集的情緒化的弊病。誠如梵萊利所言，「夢與藝術正相反」，《地獄之一季》是出夢，實錄的豪奪的夢也是夢，側寫的巧取的夢也仍是夢，故此集難作藝術觀。要追蹤韓波，便得闖入《彩色版畫集》，別人為韓波編的散文詩集。

《靈光錄》，一個迷宮，苦了近百年來對韓波有興趣的人，讀者猶可臨門卻步，或中途抽身，而以研究韓波作品為事業的教授學者，如安托萬・阿達姆，C.夏德威克，蘇珊・貝多納，蒂博代……那就真是把《彩色版畫集》當做神學、氣象學、水文、地理來考辨，工程浩繁，可見世界待韓波不薄，比較下，是茨・托多羅夫的觀點和方法較為剔透沉穩，到底也不能從沒有太多的東西中說出太多的東西來——韓波常會未問先答，他置很多門，叫別人莫叩門，他卻在門內坐等：

不必重視我的智慧
正若混沌之可鄙棄
與你的麻木相比

妙就妙在（不妙就不妙在）韓波這番自白並非真是沖謙練達，而是挑逗，賭氣。他們（韓波、馬雅可夫斯基、葉遂寧）其實還輪不上被寵，卻像被寵嬌了的孩子，彗星型的詩人都這樣，自戀，自戀狂，犯自戀的情殺案。《彩色版畫集》是率性之作，是刻意之作，讀難，譯更難，退遠了看，不失其為寒空耀目的孤星，近而逼視，撩亂糾結不可方物——韓波是誰，什麼才是韓波，正在這個集子中，即使不得答覆，也會有陣陣回聲。這些散文詩，單是目誦是無濟的，唯有用筆來撩撥它們，那就不再是迻譯，亦無論竄改，徒然表明有人曾以此項款式閱覽《彩色版畫集》中的一些篇章。

用以上的方式解讀韓波的散文詩，動機是叵測而可測的——現代的和後現代的詩人群中，頗不乏誇言如何如何一往無前者，那麼，請看看韓波，一百多年前寫成了的是什麼，韓波超越了時代，時代不過是歷史的枝節，對於不良的時代，超越了又如何呢。對世界發聲，世界是一個沒有回音的空谷，面壁與面世何異，可以觀可以興可以悅可以怨的還是「人」，單個的人，墓誌銘似的看看他，詩人韓波。

他出生於夏爾維勒，屬阿登省，法蘭西快要與比利時接壤的那裡，地理環境對一位詩人真有影響嗎，多半可說沒有，生理遺傳呢，連常人的性格也不決定於種族血統，何況特立獨行的畸零者。韓波之父服役於軍旅，母親是農家女。傳說韓波剛出世，助產護士去端了溫水來要給他洗澡，卻見他已從床上爬下，爬到房門口，雙目圓睜……情景誠是非常之韓波，即使為了形容一個天才而捏造了這個畫面，也捏造得好，韓波一誕生就十足韓波了，這點事蹟裝在別的詩人身上是不合適的。

在夏爾維勒市立中學，韓波受誨於喬治・伊藏巴爾，這位修辭學教師激賞韓波的異稟，愛得憂心忡忡，太不安份的學生將來與世界勢難和睦，世界從不謙讓，蘭波又不知謙讓為何物。

象徵主義又象徵什麼。人們慣於閒談魏爾倫與韓波的聚散，那是他兩人的遭遇，何須第三者置喙置評，魏爾倫初見韓波，驚愕他還是個孩子，於是去布魯塞爾（一八七二年七月），去倫敦（九月），韓波返鄉（十二月），越明年，又在倫敦相會（二月），又回法國（四月），又去倫敦（五月），他倆在倫敦過的是流浪者的生活，愛是手掌則恨是手背，拉住這手的是死神，七月十日，在布魯塞爾，魏爾倫開槍了，開了不止一槍，存心致韓波於死，實際傷了韓波的右腕，住入聖約翰醫院，涉訟不可免，一絲殘剩的愛念使韓波撤回起訴，很可能韓波是用左手寫《地獄之一季》的，這是一本不智的詩集，繆斯女神從來不兼復仇女神，藝術是不受理太私的私事的，韓波自費印了五百冊，只取走樣書六冊，以贈朋儕，其餘就棄而不顧，欠款也賴付，十足浪子作風，他繼離魏爾倫之後，便離文學，一八七四年去倫敦，從茲永別詩神。

一八七五年去德國斯圖加特，經瑞士越阿爾卑斯山到米蘭，被里窩那法國領事館扣押，遣返馬賽。

一八七六年去維也納，被奧地利警方驅逐出境，身無分文，徒步從德國南方到法國，在布魯塞爾應荷蘭外籍軍團招募，航海抵爪哇，進入內地——他不喜歡，潛逃。作為蘇格蘭船上水手，回愛爾蘭，經巴黎轉夏爾維勒，該是浪子回家？不會的。他不屬於家，不屬於法國，不屬於世界，這都不悲哀，悲哀的有：他不屬於自己。

一八七七年——德國不來梅，瑞典斯德哥爾摩，丹麥哥本哈根，意大利羅馬。

一八七八年——漢堡，瑞士，地中海，賽普勒斯。

韓波吃什麼喝什麼，穿戴什麼，都來不及想像，只知他一直在動，體格似乎是強健的，臉很英俊，五官與馬雅可夫極為相似，而他的行徑，像是中了魔法？受了詛咒？如此惶惶不安於任何一種現狀。一八八〇年，他在塞浦勒斯某工地作領班，因待遇不佳離而赴亞丁，自是年七月始在亞丁一家法國人經營的商行供職，與皮貨和咖啡周旋，十二月被商行派往埃塞俄比亞哈拉爾地方分行做理事。至此，他累了？他悟了？他完全失去自己了？怎會一個人在哈拉爾停留十年，如果這十年重又寫作，儘管是業餘消閒的寫作，那會是另一個韓波，或可說是真正的韓波，但他的飄遊是無目的無志趣的，為藝術而藝術到頭來是藝術，為飄遊而飄遊到頭來什麼也不是。希臘神話是一大部無微不至的神話，凡想得到的，都有一位或數位神在那裡主宰，天、地，海、風、日、月、酒、愛、戰爭、文藝、收穫、貿易、狩獵……都有神，唯獨沒有一尊司流浪的神，「神明佑護強者」，神明不佑護流浪者。

韓波薄於名利觀念？淡於情愛欲望？對自己的詩漠不關心，人在非洲，詩的聲譽在巴黎蒸蒸日上，如果天使把塞納河畔的聲譽帶到哈拉爾，韓波也置若罔聞——這種男子是有的，這種男子的第一特徵是矯健，其次是麗，再次是多智而寡情，若說他的心靈亦有所交替變換，那是冷淡—冷酷—冷漠……而他的狀貌舉止卻吸引人們的好奇、審美、求知，這種男子是凜冽的自戀者，又不懂如何個戀法，終究淪為透闢的自棄。這種男子一直會有的，在《聖經》中就有，名字叫該隱，後來的哈姆雷特、曼弗雷特，乃至俄羅斯的皮巧林……都是自甘掩臉沉沒的超人，終生騷動不安，上下求索，凡得到的都說作他所勿欲得到的，於是信手拋擲，取一種概不在懷的軒昂態度，寵壞了孩子是無救的，不寵而像寵壞了的孩子更無救，他們早熟，註定沒有晚成可言，然而他們陽剛、雄媚，望之恰如儲君。

韓波說：

「精神上的搏鬥和人間的戰爭一樣暴烈。」

韓波有無參與人間戰爭，那不重要，在精神上，他為時不長的閱歷，經過何種「搏鬥」？與什麼強敵抗衡？希臘的？希伯來的？都不是他的親仇，像韓波那樣的人，同情憫恤著無庸議，讓他去，看他走過，看他折回，又啟程——鄰家漂亮的壞男孩，當他睡在乾草堆上，胸脯均勻起伏，那時，頭上真像有一片虹彩光環，可憐的不要人可憐的孩子，同夠了塵也和不了光的詩人。

世界小，人類微末，流浪不是專業，驕狂傲岸，倒是把生命認真當作一回事了，單憑雙腿走來走去，以取「無比崇高的博識」，怎會是「通靈者」？「語言的煉金術」，當然是個比喻，這句話本身嫌儻賴：煉金術士用「智者之石」並未無中生有得到過黃金，中世紀的煉金術啟迪了後世的化學實驗，而煉金術士在當時不過是執迷不悟的巫師，或能欺人卻不能自欺的江湖騙子。

如果說藉韓波的詩，可以感知十九世紀七十年代的法國生活氣氛，那又是唯物史觀文評家的「反映論」作祟，以韓波的自私、自負，他才不在乎一個法國一個世紀一個年代。韓波寫過《醉舟》，他便是醉了的舟子，舟也醉了，可惜人飲的和舟浸的都不是狄奧尼索斯的葡萄所釀的醇醴。要麼從來不與藝術結緣，既結，再絕之，難免要得到報應，這樣的事例時常可以看到，不過沒像韓波那麼彰顯（也有比韓波更彰顯的）。韓波最後的死因也是象徵性的，沒錢雇車搭船，他一步步走，一八九一年二月，右膝腫痛，四月，抬回亞丁，五月抵馬賽入醫院，不得不截肢，八月，腫瘤擴散，十一月十日，亡。

馬拉美重「句法」，韓波重「詞彙」，亦有說馬拉美是夏娃，韓波是亞當，他以虐待文字為樂，他以碎塊來炫耀他可能擁有的形體。令人訝異的是馬拉美曲徑通幽，從此沒見有人尋探，韓波的驛道卻被眾庶走大了，走得泥濘四濺。令人更訝異的是這些芸芸後生並非知道那是發跡於韓波的路（韓波也以為自己開拓自己行邁，別家休想踏得上）——真是奇怪，真是一點也不奇怪，「詩」的命運，相同於索多瑪與蛾摩拉的命運。再一百年後，再有誰悼念韓波，果若用韓波的「詞彙」來作述韓波，那將是沙嗚海立潰不成韓波了。

他自詡「全部感官按部就班地失常」，這個「韓波模式」，實證在文學上，即如《彩色版畫集》中所見，實證在生活上，一路顛沛流離，都只是忍受而難論享受，要麼他是個以忍受為享受的人，又不像，寧是像以享受為忍受的人哩。

（「常」是大宿命，無由失，或者可以「反常」，可以「非常」，反常非常企求更高更新的「常」——「失常」則尚未意識到有更高更新的「常」的存在可能，此時貿然否定「常」，亦就自絕於「反常—非常」的祝福。）

血性的而非靈性的韓波。伊卡洛斯搏風直上，逼近太陽，以致灼融羽蠟，失翅隕滅。韓波的天才模式是貼地橫飛的伊卡洛斯。

附錄

亞瑟・韓波逝世百年祭

聶崇章（巴黎報導）

一九九一年是法國詩人亞瑟・韓波逝世的一百週年。他於一八五四年出生，一八九一年去世，享年三十七歲。他與畫家梵谷是同一時代的人，只不過梵谷比他早一年出生，並且早一年去世。韓波與梵谷均是未婚，英年早逝。然而最重要的，乃是他們二人在世時，均名不見經傳；但是一旦離開人間，名聲卻愈來愈響亮。

在法國文化部出版的一本特刊中，安德・吉佑（Andre Guyaux）

指出：「韓波的詩作是現代文學中，最離奇、最混雜的。他是叛逆的典型，所有前衛藝術的先聲！」

為了紀念韓波，在他的出生地——法國北部的夏爾維勒・梅茲耶（Charleville Mezieres）城中，已建有一座「亞瑟・韓波博物館」，全年展出他的作品真跡，以及有關他的照片、圖畫。

為了紀念韓波逝世一百年，法國全境除了有座談會、音樂會、戲劇表演及雕刻展出外，還特別發行韓波詩集的有聲唱片，以及有關他的傳記的電影。當然，紀念活動的最高潮，就是位於巴黎市中心的「奧塞博物館」（Musée d' Orsay），於一九九一年十月二十二日開始，一直到一九九二年一月中旬，舉行一項「亞瑟・韓波作品及行誼專展」。該博物館隔著塞納河與羅浮宮博物館遙遙相望，裡面專門展出梵谷、高更等印象派畫家作品。該博物館除了星期一之外，每天均開放。

此外，一項定名為「亞瑟・韓波——一九九一」的國際研討會，於一九九一年十一月六日到十日，在法國馬賽的「凱耶國家劇院」（Theatre National de la Criee）召開。主要是對「韓波學」的研究現況，交換心得與資訊。而一九九一年十一月二十三日，法蘭西學院的「法國文學史講座」，舉行名稱為「韓波及他的時代」的座談會，其重點在指出，韓波不僅純為詩人，他還觸及他那個時代的事件——如「巴黎公社」；地點——倫敦、布魯塞爾及非洲；人物——如與他相熟的同期詩人魏爾倫及一些畫家；以及文學——他曾崇拜並模仿法國大文豪雨果。該座談會最後討論，在意大利及日本目前已出版的討論韓波的著作。

韓波的出生地——夏爾維勒・梅茲耶，該地的市政府當局出刊了一種名叫《野性展示》（*Parade Sauvage*）的期刊。而一個叫作

「韓波之友」（Amis de Rimbaud）的協會，更出版了一本《不朽的韓波》（*Rimbaud Vivant*）的專集。前述二種冊子，都是專門報導全球目前研究韓波的最新發展。而位於巴黎市內的一個叫「綠色客棧」（L'Auberge Yerte）的資料中心，則搜集並交換與研究韓波有關的所有資料。

韓波重要作品及大事年表

一八五四年　十月二十日生在法國北部的夏爾維勒。

一八六四年　進入夏爾維勒中學就讀。

一八六八年　以拉丁韻文寫信給皇太子。

一八六九年　拉丁文詩*Jugurtha*獲得龔固爾學院首獎。著名的法文詩〈孤兒的禮物〉（*Les Etrennes des Orphelins*）也在這一年寫成。

一八七〇年　五月，將一系列詩作寄給班維爾（Theodore de Banville），試圖發表。八月畢業，獲得多項獎賞。

一八七一年　帶著〈醉舟〉（*Le Bateau Ivre*）等新作前往巴黎會見詩人魏爾倫（Paul Verlaine），開始了彼此間奇特的關係。

一八七二年　在倫敦開始寫《靈光錄》（*Illuminations*）。

一八七三年　在洛赫鎮母親的農莊開始寫《地獄之一季》（*Une Saison en Enfer*）。七月與魏爾倫大吵一架後決裂，魏爾倫開槍打傷他的右腕，被判兩年徒刑。韓波回洛赫完成《地獄之一季》，十月由布魯塞爾某印刷商印出，就此封筆。

一八七五年　在德國斯圖加特市最後一次見到魏爾倫。

一八七六年　投效荷蘭軍隊，遠至巴達維臣，卻棄軍逃回歐洲。

一八七八至一八八七年　在塞浦勒斯、埃及等地從事各種冒險，危險性愈來愈高。

一八八六年　《靈光錄》由魏爾倫編纂，首度出書。

一八九一年　右膝生腫瘤，五月回馬賽港，在醫院動手術截去小腿。返鄉陪伴母親，病情惡化後再到馬賽住院，十一月十日去世，得年三十七歲。死後作品陸續出版，在世間的評價愈來愈高。

（白石）

法蘭西備忘錄

科西嘉逃犯

出了港口朝西北，向島嶼內部走去，地勢很快高起來，小路在岩下曲折迂迴，有時候溪水阻斷，涉過後小路又蜿蜒前伸，如此步行三小時，才到大叢林的邊緣，因為那港口是梵奇奧，位於科西嘉東南海岸，距離叢林有這麼長的路程，而還是叫梵奇奧叢林，在科西嘉，叢林才是牧羊人的故鄉，農民為了節省施肥的勞力，往往縱火燒林，就在滿積灰燼的沃土上播種，後來也只割麥穗，麥秸棄而不顧，太費事了，第二年土下的樹根長出苗來，沒幾年樹高七八尺，各科類混雜，茂密得野山羊也難穿過，逃犯跑進梵奇奧叢林，帶一支槍（品質優良的）、彈藥（愈多愈好），如果有件連風兜的斗篷（棕黑或灰綠），就可兼作被褥用，牛奶牧羊人會給，可能還給乾酪和栗子，除非必須進城增補彈藥，否則完全不必想到法院和警探，如果像牧羊人那樣當然好，已經成了罪犯而在逃，這樣的生活算是最好的了。

牧羊人手提陶罐，牛奶瀉在逃犯端著的木碗中，濺濺有聲，頭頂枝丫上的鳥鳴一片繁囀，春已溫馨整個科西嘉島，地中海之西撒丁尼亞之北，古時候腓尼基人曾在此暴行，木碗裡的牛奶沒了，陶罐裡還有，草葉的清香沁入牛奶，溪水映著天光的藍，蝴蝶忽高忽低。

保皇黨人遺事

屋頂用青磚砌成，坐落市場後面，夾在小路與窄巷之間，巷的盡頭是一條河，水腥氣隨風而來，整所房屋有黴味，因為地板比院子的泥地低了些，夫人每日在前堂裡，靠近窗戶坐著，草繩編的大圈椅，四周白漆護壁板，桃花心木椅子八張，晴雨表下，鋼琴蓋上堆著大大小小的匣子，黃色雲石路易十五式壁爐兩側，各擺一張錦緞蒙面的高背大椅，壁爐臺的陳設是，仿羅馬灶神廟的黃銅時鐘，細頸的空酒瓶橫擱在紫檀架端，裡面有艘精緻的三桅帆船。

二樓是女主人的寬大臥房，壁紙的淡色花淡得分不清是什麼花，掛著男主人的畫像，橢圓的內框的左下角顯有水跡，十八世紀末年保皇黨花花公子的穿戴，這臥房和另外一個小間相連，裡面是兒童睡的沒有墊褥的床，再過去便是沙龍，關閉著，滿是傢具雜物，用大布覆蓋，再過去是迴廊通向書齋，壁櫥中的書還是很整齊，紙片零亂一直散到地上，圍住烏木書桌，壁面掛的是鋼筆畫、水彩風景畫，奧德蘭的版畫，美好時光早已消逝。

三樓是僕人的宿舍，只有這扇斜的天窗，望出去一片草地。

達拉斯貢的愛國行為

達拉斯貢仍在老地方，平平安安於葡萄藤中間，滿街大太陽，窨室裡堆足紫葡萄酒，而且灌溉這塊樂土的羅納河，和從前一樣把城市的福相帶入海洋，很多壯實的船，懷藏紫葡萄酒駛出去了，綠色百葉窗反射晨光，花圃鋤耙勻整，本地民兵穿了新軍服沿著渡口操練。

在南方人們最愛音樂，所有的陽臺全唱戀歌，媚聲落在過路者的頭頂上，無論走進哪家店鋪，櫃檯裡總有一張吉他在響，藥房夥計手裡配著方，嘴裡哼著夜鶯曲、西班牙古琴曲，特拉拉拉拉拉，一隊一隊的義勇軍組織起來，死亡的兄弟隊，那朋神槍手隊，羅納河上的銃手隊，顏色正如蕎麥地裡的野菊花，鳥羽毛，雄雞尾巴，龐大的帽子，寬得荒唐的腰帶，軍人都留起鬍髭和長鬚，廣場上老遠一看，只道是個亞布呂茲山中的強盜，腰刀手槍土耳其彎刀碰得鏗鏘響，走近一看，原來是收稅員貝古拉特，就這樣達拉斯貢人都把自己打扮成凶神惡煞，弄得你怕我來我怕你，直到波爾多傳達了關於組織國民自衛隊的命令，雄雞毛飛散，各種義勇軍融化為一營老實的民兵，大家知道，按照波爾多的命令，國民自衛隊應分為兩種，機動的自衛隊和駐守的自衛隊，收稅員貝古拉特說，就是野兔和家兔之分，勃拉維達將軍把兔子們帶到要塞前面的廣場上，操練打靶演習狙擊、臥倒、起立。達拉斯貢的太太們都來看，就是鮑蓋爾的太太們有幾次也走過橋來，撐著陽傘，攜著蜜餞。

相比之下，寧是早些時的騎術競賽更熱鬧，一個陽光普照的星期日，達拉斯貢全城青年，足登淺色軟牛皮長統靴，先是挨戶募捐，而後在各家的陽臺下，騰身上馬，手持長鉞，攬著綴有蝶結的韁繩，讓坐騎左右盤舞，這些騎術協會的先生還要在廣場作一次愛國表現，服裝是從馬賽戲院借來的，金盾銀盔、彩球鋼鎧、繡花錦旗、馬的鎖子甲，各種綢緞絲絨製品，忽來一陣大風，五光十色飄翻得分外耀眼，騎術協會的會長扮弗朗索瓦一世，最後關頭的表情原應是一切都完了，但榮譽永在，可是他的那副神氣卻像是親愛的，來就來吧，不過達拉斯貢人不計較這些，所有的眼睛都流出淚水。

其實更早些，也就是藥房夥計哼特拉拉拉的時候，一日之間，吉他聲和船歌絕響了，我們要拯救法蘭西，達拉斯貢人在窗口揮著手帕這樣喊，到處都是《馬賽曲》，並且一星期兩次，大家擠往要塞前的廣場上聽公學軍樂隊演唱出征曲，坐了聽唱的椅子租價貴得出奇，到後來大家還常說起。

產業革命前夕

這座磨坊位於羅克留斯中心，大路轉彎的地方，村上只有一條街，也就是兩排破房子，通出大路，極目草地連綿，莫勒爾河邊高高的樹，綠蔭遠去遠去遠入山谷，鬱成黛黑那是古省洛林了，越界便屬德意志，南向，平原肥沃，籬笆將田地隔成塊塊，一直鋪到天隅，莫勒爾河從卡涅森林流過來，它在樹下湍奔了好幾里，水中滿涵樹蔭的清涼，七八月最熱的日子，羅克留斯也十分幽爽，潺潺之聲盈耳，更顯得靜謐，幽爽和靜謐合作著一件事，別的事就不發生。

莫勒爾河還不是清涼的唯一原因，尚有各樣的細流在矮樹叢中噴逸，那是湧泉，沿著狹窄而多岔的小徑，樹根旁岩縫間青苔底，都有晶瑩的水，坡下牧場長年濕潤，高聳的栗樹及地處是黑暗的，草坪之陬白楊排成幃幔，楓樹植在大路兩旁，大路越陌度阡而達坍毀的卡涅城堡，那裡的草長得更蔥蘢，林藪尤其蓊茸，正午陽光直射，陰影是靛藍的，炎氣中的草尖亮閃亮閃，熏風掠過，平靜了，又這樣掠過來。

就在這裡磨坊的嘎嘎聲添了生趣。它用石灰和木板蓋成，它有一半浸在莫勒爾河中，河水在此擴充為澄澈的池。設著閘門，水從幾公尺高處沖下，落在磨坊的輪子上，輪子轉動，嘎嘎嘎嘎，它該換了，但新輪子不會那麼順熟，所以桶板鐵片銅皮鉛條，都用來修補老輪，模樣真古怪，渾身青藻綠苔，銀色的河水沖擊它，它覆滿明珠，華麗地轉動。

磨坊浸在河裡的一半像擱淺的船，也因為大部分築在木樁上，所以水在地板下流，莫勒爾河床有許多洞，可以捉到鰻魚和大蝦，水閘的池在它不被輪子攪出的泡沫弄渾時，能看到成群的肥魚悠然游泳，靠近那根粗木樁，有舊得將散了的梯通到河面，樁上繫著小船，也是木造的走廊，架在輪子上空那是最好看的。大小窗戶形狀很不規則，後來增添的短牆、外廊、加高的屋頂，使磨坊有些像劫餘的古堡，幸有極為蕃蕤的常春藤，連同其他的攀緣植物，把大小裂縫豁隙全封住，完整的一件綠斗篷。

磨坊朝大路的那面就較為堅實，正門是石砌的，門裡院子寬敞，左邊涼棚，右邊馬廄，井旁一棵百年的榆樹，濃蔭庇住半個院子，盡頭起樓，頂層是鴿子房，樓上四扇窗成一排，磨坊主每隔五年要粉刷整個正面，新粉刷好的時候，如果中午有人走過，那炫照使得眼瞼瞇緊了。

布爾喬亞之式微

天氣晴好的日子，一家人清早就上詹弗斯田莊去，田莊的院子呈斜坡，房屋居其中，海還很遠，望去然像條黑帶，奶棚邊的屋裡，女傭從提籃中穩重地拿出冷肉片，一家人午餐了，壁紙有幾處脫角，穿堂風吹著瑟瑟作響，太太垂頭不語，兩個孩子也端坐在椅上，等母親說，唉，玩你們的呀，孩子滑下身來奔跑了，男孩爬倉房捉雀子，又到水塘邊丟石片打水漂兒，拾木棍敲大桶，愈敲愈響，女孩給兔子餵菜葉，為採矢車菊而飛跑，快得露出裙內的繡花褲子，黃昏時分從牧場回家，上弦月照亮天的一方，都克河蕩漾著薄霧，幾頭牯牛躺在暗下來的草地中央，靜看這四個人走過。

那時候特魯維爾沙灘很少有人去行海水浴，太太把情況導聽清楚，才徇從醫生的提議，收拾行李，好像要作長途旅遊，這些箱籠放在大車中，頭天就運走了，第二天車夫牽來兩匹馬，一匹配著女鞍，天鵝絨靠背，另一匹的馬臀上用大衣捲起來做成座位的樣子，路壞得實在不像話，八公里走了整整兩小時，馬蹄踩下去整個沒在泥裡，拔出來就得使勁擺動馬屁股，要不就遇上車輪壓出的深溝，只能跳過才行，一會兒牝馬停住不走就不走，只好耐性等牠再開步，車夫談論著這條路兩旁的地產主人的故事，也有他自己的意見，這樣走走停停說說，一半路程竟然已經過去。

車夫的妻子見是東家太太上門來了，頓時忙忙碌碌，擺上午餐，牛里肌、煎腸、炸雞塊、帶泡沫的蘋果酒、糖餡蒸餅、酒漬李子，一大套客氣話，逝世已久的老爺和老夫人的恩惠也重提起來，這座莊子是個古董，天花板的橫樑蛀得厲害，牆壁黧黑玻璃灰黃，橡木碗、樹上水壺、碟子、錫湯盆、捕狼的機扣、羊毛大剪，那噴霧器粗笨得使孩子笑個不止。

沒有一棵樹的下部不長滿野菊花，枝上也這裡那裡的寄生草，纍纍的果實壓垂了樹，茅草的屋頂好似一片褐色的厚絨氈，車房塌掉，太太說她會記住這個事，吩咐把馬匹再備好，還要半個鐘頭才到特魯維爾，穿過安高爾時只得下馬步行，是濱海的斷崖，下望船隻湊泊，走了三分鐘便到碼頭盡處，在金羔羊餐館稍歇。

新的空氣和海水浴，沒有多少天孩子和母親都顯見健旺，下午，一家人騎驢去漢克維爾黑岩那邊玩玩，小路向上，先是或起或伏的田地，大花園的草坪似的，而後到了半高原，路畔荊棘叢中長著六角樅，枯死的大樹丫丫杈杈亂簇在蔚藍的天空上，坐憩於綠茵，左向多維爾，右向哈弗爾港，前面大海茫茫，太陽照著，母親取出針線縫製起來，女兒編燈芯草，傭婦專心摘集薰衣用的花朵，兒子只想立刻就走，聽到咩咩叫，看不見羊，一隻鷹飛得很高很高。

有時候乘船穿過都克河，潮水退落，海膽海星各式貝殼露出來，灘岸望不到盡頭，靠陸地那邊有沙丘擋著，把灘岸和瑪萊隔開，瑪萊是遼闊的草地，像跑馬場那樣，不過開著許多許多花，當一家人回去的時候，隱在小崗斜坡底下的特魯維爾逐步逐步大起來，整個城鎮高高低低的房屋，永遠分不開的樣子。

最解悶的事是去看漁船歸航，過浮標區後，船開始逆風而駛，帆篷下到桅杆的三分之二處，前桅的帆尤其鼓得像個大球，一直開到港口可以停泊的所在，突然拋錨，而後慢慢慢慢靠岸，水手們從船舷扔下百般蹦跳的鮮魚，車子一輛一輛迎過來，頭戴棉布小帽的女人成群擁上，手挽籃子，口唇貼住漁夫的臉，有的放下籃子就緊抱了，四周聲音嘈雜，閉著眼接吻，面頰要笑又來不及笑，許多海鷗圍飛，與人爭魚，天色很快暗下，回望城廂已見燈火閃爍。

天氣太熱的日子不出門，陽光從百葉窗縫縫射進，村莊整天沉靜，遠裡修船工匠的錘聲，微風吹來柏油的氣息。

後記

曩昔文學家在小說中都不免有「景」「物」的描寫，為的是襯托「人」「事」，讀者後來記取的也只是「人」的性格和「事」的情節，那些「景」「物」就全不在心上話下。似乎很浪費。

文學當然也像繪畫一樣可以將別人的東西取來加以變化、重組。（畢卡索藉委拉斯凱茲的作品而製造出自己的作品，還該兩相對照著看才饒興味。）本篇五章，所秉者梅里美、福樓拜、都德、左拉的小說中的某一段，或某兩段。方法是，盡可能使「景」「物」脫卻「人」「事」，又盡可能把擬人化的主觀性的形容詞、動詞逐句剔淨。於是再加調度、增補，使「景」「物」不致附麗於小說（略如人像畫之改為風景靜物畫），這樣就歸入散文類了。

同時想起將來有可能出現全部以「景」「物」架構的長篇小說，這種小說並非排除「人」「事」，而是「人」「事」亦作「景」「物」觀——此項藝術方法論早已不新鮮，在繪畫上，一百年前就把「人」「事」當風景當靜物畫，不過中國的近代文學，至今剛學會把「景」「物」強作「人」「事」來寫，叫作什麼「寫活了」，叫做什麼「形象思維」，這樣就不知要拖到哪個世紀才好敘文學的家常。

要說摹仿，上述的四位法國文學家，現在看來，他們都是屬於浪漫主義的範疇，這個範疇竟有這樣大！很可怕很不幸，如果梅里美、福樓拜不屬於這個範疇的話，會更好。而都德、左拉，比較難想像會不屬於這個範疇。總之浪漫主義既是這樣，不必再費心使之那樣。

要說效法，本篇大致與意大利影片《木鞋樹》同調，然而影片長，所以好，文學雖不必向電影示弱，本篇在「量」上太見遜了，如果續到三萬五萬字，或差堪比擬，但又何苦要去與《木鞋樹》等「量」而齊觀呢。寫此「備忘錄」是為了臨時求一份閒適，近年以來折騰在文字中，被「主見」的表呈累得好疲乏，真想在純粹的「印象」間休息休息，舉例說，貝多芬、瓦格納，重「主見」，莫札特、蕭邦，重「印象」。那天上午去聽也是去看霍洛維茨的最後一次演奏，他情緒甚佳，雖然中途彈壞一小節（其實誤觸兩鍵），再開始後更見精神了，終局透氣，喔喔尖叫，並且告訴大家，今天這個領結是他自己選的，大家都認為真是非常雅緻，他又說他太太彈得和他一樣好，大家微笑，沒有更多的表示。狀如忠厚管家的樂隊指揮，坐下來問道：「您覺得誰的音樂最迷人？」霍洛維茨即答：「莫札特第一，還有蕭邦。」（剛才他演奏的是Mozart. Piano Concerti N0.23。）——通常總以為「主見」凌駕於「印象」之上，那麼霍洛維茨憑他漫長的鍵盤生涯，自會明悉「印象」比「主見」更高妙，當然需要補充解釋：所謂「主見」是指著「固定觀念」，所謂「印象」是指著

「即興感應」，漫長的文字生涯也同樣能夠體識「景」和「物」的「感應」，實在是涵蓋著「人」和「事」的「觀念」的，在鳥獸的眼裡，在上帝的眼裡，「人」「事」是「景」「物」中微乎其微的一則……雖然，能從「人」「事」中退出來寫寫若干「景」「物」，誠不失為某種閒適的娛樂，自知是無福多消受的，「主見」性的「觀念」又會起哄，孽債遠未償清，這次僅僅得便租了法國十九世紀文學家的船，徜徉一番，度假似的過去了，故名之為「備忘錄」（歐陸的年輕一代，對於這些相距百年的「景」「物」諒已概不在懷，那是無可奈何的「人」「事」所決定著的呵）。

昨天聽到什麼寫小說又以刻劃人物營造故事為時髦，本來又是誰規定不許刻劃人物營造故事了呢——最偷懶的危言，是說反話，但出爾反爾得太快，到底不像話。一切太輕許輕信。難怪有些人就什麼都不理睬。

狹長氛圍

兩旁店鋪，中間路，長逾二百公尺，便可被稱作街。如果路很寬，那會是大道，道邊也開設商號，而呼應不著，只好讓路面為主，濃蔭的行道樹亦無以濟。因此街是指由兩旁的店鋪形成的景致，連綿不斷，再過去容或拐彎而有變，多半真的稍轉晦隘，稍轉明敞，愈善蜿蜒的街愈使人信服、迷惑。

街是窄的，貧的，藉以謀生的，街民不覺得窄，不覺得貧，家家隱私俱足，誰也不真的要奈何誰，到時候，街的這端的祕辛，五分鐘之間傳至那端，都知道了，都裝作沒什麼，果然後來也真的沒什麼。

老城中的街，憊賴地縱橫交錯，住在其間，走在其間，更不見如何縱橫交錯。每條街的名稱似乎是天命，有以地名名之，有以人名名之，難得有以自身的特性為名，誰是給街定名的人呢，總有這樣一個人，無從考知。

長年蟄伏老城，不大會想起了親朋而行去晤談，平時，驀然念及某條街，還是去年初秋匆匆走過，今日春暖如薰，不知它怎麼著，去看看它，戶外陽光多好，畢竟是一年中有數的良辰。

那街仍是那樣子，街的四季感，乍看是漠漠然的，如果會看，細看，又很顯著，各家商店總有應時的貨品，簇列在惹眼處，雖然不是本店的主角，季節寵幸了它們，儼然一時之冠。古人的溫存細膩用在禮儀習俗上，後來，自然指很多的後來，人暴戾粗糙了，僅剩的一點溫存細膩用在貨物商品上，包裝體貼，使用務求靈便，大都會且不論，小地方店鋪中的東西，無疑是該區域物質水準之最溫存細膩者——快看街吧，它正在消失。

幾乎要說街是愈窄愈雋妙，唯其路狹，兩旁的房屋真正面對面，譬如這廂朝東，那廂就朝了西，上午下午，明暗更位，說起來總是一條街，街史不會是通史斷代史，而只是稗史穢史——榮年、衰年、火災、兵災，在此張業生息數十載的人，再猥瑣的街，都有幾件異聞奇案可講，一條街至少要出一個傻子，一名惡棍，一位美人。

所以街有眚氣、瑞氣、淡淡的，淡淡的，籠罩，躁性子的人怎能看得出，而純然是一望而知。

街是活的，沒有廢街死街，即使為戰爭殘傷的街，仍有生命孜孜其間，不久似是而非似非而是的重建起來，再過些時日愈來愈像以前的街了，其實是已忘掉早先的樣子。

小街比大戰強。

會睡，會醒，會沸騰，會懶洋洋。晨曦朦朧，每條小街都很秀氣，屋頂屋脊尤其秀氣，亦可說清曉的街是只見屋頂屋脊的，隨著天光漸亮，窗了，門了，人了，車了……正式的白晝都這樣開始，店鋪的鄰接全無牌理，酒食、郵局、陶瓷、牙醫、果蔬、文具、理髮、藥房、綢布、鞋匠、南北貨、鑰匙、糕餅糖果、鐘表、魚行肉莊、醬油……都好像城府很深，卻又似毫不在乎，一個人的生活要那麼多的店來供養還不夠哩，沒有誰敢說這家店與之永遠無關。

春來了，藥房簷下，籠裡的八哥對著鐘表行叫，糕餅鋪子盤盤翠綠的糯糰熱氣如煙，棉鞋的木楦收起，剛完工的單鞋擱在門口的斜板上，文具店無端地掛出一面漿硬的新國旗，牙科診所臨街的櫥窗，紅是紅白是白的全副義齒，瓶插杜鵑花，其實牙齒離開口腔就很恐怖。

使小街充滿春意的還不是這些，溫風中有運河的水腥，油菜花襲人的烈香，潮潤的泥土也沁胸，酒坊的糟味使百步之內喜氣盎然，房屋高高低低，便有日光一匹一匹倒在街上，行者從明段走入暗段又走入明段……薄的衣衫都算春裝，紅暈，自己覺著別人看不出的汗，說些門面話，沒有一件不實際的事，要發生都發生在附近，小街的豔陽天輕輕易易就此成全，外來的過客是無知的，想停也停不住，一條街是一個拉長了的小國，非常保守而排外，南街與北街就時常互不服氣，榨油工人和刨煙工人每每發生械鬥。

那麼夏季的街就夏得厲害，雜貨鋪最霸道，扇子、草蓆、蒼蠅拍、紗罩、木拖鞋、蚊蟲香，統統攞出來占了街面，新蓆子的草馨使人簡明地想起以前的夏天，一年中首次聞到西瓜的清芳也忽有所悟似的，西瓜是瓜中聖君，黃瓜是忠僕，桃子是美婦人，冬瓜是大管家，絲瓜是好廚娘，櫻桃一輩子孩兒氣，郁李是緊肉的少年郎，鳳梨是戎裝的武士，石榴臉難看，笑好看，梅子沉默，楊桃謙遜得像樹葉，枇杷依偎著，卻是玲瓏自私——從暮春至仲夏，街成了瓜果世界，綢布店生意也興隆，夏季是裸季，裁縫鋪反而忙，由於顧客催得急。

夏天的街糟蹋得不成樣子，要等西風起，一雨，再雨，勉為其難地炎暑退盡，菱角上市，菱角是很自衛的，菱角為何要這樣自衛，柿子很福相，也柿子而已。不過每年的秋天總像是在那裡棄邪歸正，人們收斂而認真起來，夏是磨難，是耗費，秋儉約，浪子回了家似的，人老些，街老些，秋要深倒是慢的，中間還夾著小陽春，之後才逐日深下來，夕陽照著清倉大拍賣的布幡，有一種蕭條的快感，直率的悲涼。

冬令服裝應市，流行什麼就流行什麼，無商量餘地，通都大邑中的時髦風尚固然殘酷，而小地方的街上，時髦與否，供家求家也很有默契。冬天的街要看它在雪中，在雪後，尤其雪夜，人都不見了，花布的窗幔內有身影移動，路燈黃黃的鈍光，照見木桿四周騰旋的雪片，整條街黑上白、白上灰，灰是天空，大雪中行過一條街，往往就獨占一條街，有人提著竹絲油紙的燈籠，低頭走，兩邊街沿的積雪映得微紅，紅過去就不見了，更夫按時巡邏，擊柝示警，鳴鑼報時，那老者油汙龍鍾，狀如鬼魅。

可惜冬天下雪下大了，所有的街都類同，雪也是很專斷的。放晴，融雪的街真是算了吧，別在融雪的街頭約會，即使是次要的約會。

小街的人們，在朝夕相見一覽無遺的生活中，能保持幾份隱私，是甘腴的。舉短短兩百公尺長的街為例，算它五十戶，中國標準是五口之家，那麼兩百五十人光景，其中必有慈母嚴父貞姑淫娃豪俠宵小智囊飯袋……為什麼三百人還不到就複雜得這樣，啊，那是比較，比較出來的呀，不比較就一色平凡無奇。他們她們自己也在比較，男人是口上不比，心裡比。女人是心裡比，口上也比，朝朝暮暮女人肚內的百樣事體，告訴一個人，你可千萬別漏嘴呵（她的知己，諢名「喇叭」），小街新聞，一派綽號、簡稱、代名詞、雙關語、微型典故……這種本街方言，詭譎近乎密碼，新搬來的人聽了也等於白聽。正是此一小範圍中紛至遝來的因果報應，使人醺然凜然，使人更容易黏糊在一起，更熟練於苛責和寬容，構成了小街上不舍晝夜的如水年華，生活需要親和坦誠，生活也需要怨懟誆騙，僅乎其一面，日子就淡乏了。現代人暴得一點錢，真是膽小，生怕怨懟誆騙，寧可棄捐親和坦誠，躲入大樓的某個格子中，自頒終身戒嚴令，闔家幽囚以終。現代人又把生活和工作分開，一邊全是花，一邊全是葉，清則清矣，趣則沒趣。小街上的人們生於斯，作於斯，卿卿我我，咬牙切齒，送的東西要討還了，半個月不到又送了東西過去。生活是瑣碎的，是瑣碎方顯得是生、是活——小慷慨、小吝嗇、小小盟誓，小小負約，太大了非人性所能擋得起，小街兩旁的屋裡偶有懸樑或吞金服毒者，但小街上沒有悲觀主義，人們興奮忙碌營利繁殖，小街才是上帝心目中的人間。

價值來自偏愛，能與之談街的人少之又少，韓波（Arthur

Rimbaud），他喜歡門的上半部，牆側的鬼畫，街角小店中褪色的糖果，他翻翻畫報就可以寫詩，是一位逛街的良伴。蘭姆（Charles Lamb）脾氣佳，興會濃，他愛倫敦的老街，那是倫敦的老街可愛呀，並沒有更要緊的意思。蘭姆說：童年的朋友，像童年的衣裳，長大了，就穿不著了——在不再惋惜童年的朋友之後，也只能不再惋惜童年見過的街。

一切價值都是偏愛價值。

木心作品集——

即興判斷

作　　者　木　心
總 編 輯　初安民
責任編輯　何宇洋　施淑清
美術編輯　黃昶憲　林麗華
校　　對　何宇洋

發 行 人　張書銘
出　　版　INK印刻文學生活雜誌出版有限公司
新北市中和區中正路800號13樓之3
電話：02-22281626
傳真：02-22281598
e-mail：ink.book@msa.hinet.net
網　　址　舒讀網http：//www.sudu.cc

法律顧問　巨鼎博達法律事務所
施竣中律師
總 代 理　成陽出版股份有限公司
電　　話　03-3589000（代表號）
傳　　真　03-3556521
郵政劃撥　19785090 印刻文學生活雜誌出版有限公司
印　　刷　海王印刷事業股份有限公司

港澳總經銷　泛華發行代理有限公司
地　　址　香港新界將軍澳工業邨駿昌街7號2樓
電　　話　(852) 2798 2220
傳　　真　(852) 2796 5471
網　　址　www.gccd.com.hk

出版日期　2012年10月　初版
2018年4月10日　初版二刷
定　　價　280元
ISBN　978-986-5933-19-7

國家圖書館出版品預行編目資料

即興判斷／木心 著；
--初版, --新北市中和區：INK印刻文學,
2012. 10　面；　公分.
ISBN　978-986-5933-19-7（平裝）
855　　　　101010558